Bea Cabezas

La noche antes

Primera edición: octubre de 2017

Printed in Spain – Impreso en España

ISBN: 978-84-9129-077-3
Depósito legal: B-14.538-2017

Maquetación: Negra

Impreso en Liberdúplex,
Sant Llorenç d´Hortons (Barcelona)

SL90773

Penguin
Random House
Grupo Editorial

Para mi madre, sin ella no habría historia.

1

Faltaban aún diez minutos para las nueve, pero el viento helado la empujaba hacia el gran portal coronado con el escudo de la ciudad. Las letras mayúsculas que anunciaban a gritos sordos el *Diario de Barcelona* la intimidaban. Ana dio unos cuantos pasos y apoyó la mano en una de las columnas jónicas que solo tenían la función de decorar la fachada. Acercó el rostro a la vitrina donde se mostraban las noticias más importantes del domingo 21 de febrero de 1965. «El *Ranger VIII* se estrelló en la luna». «El aparcamiento subterráneo de la Rambla de Cataluña será de los mayores de Europa»… Palpó el tacón del zapato izquierdo que todavía bailaba mientras hacía ver que leía atentamente. Intentaba enfocar, pero estaba tan nerviosa que parecía que la tinta se escurría ante sus ojos. Masticaba con energía un chicle. Ya había perdido el sabor a fresa. Qué suerte que siempre llevaba uno en el bolso. Nadie parecía percatarse de sus equilibrios. Hombres de abrigos negros, grises, marrones, de todas las tonalidades oscuras con que se puede disfrazar la lana, pasaban de largo, con la mirada escondida bajo el sombrero y las piernas al compás de la prisa.

No tenía que haber hecho caso a Isabel, pero ella no sabía nada de moda. Los zapatos de aguja eran muy elegantes, pero también muy delicados. Ana pilló su reflejo en el cristal y no se reconoció. Su madre la había convencido para hacerse el moño Grace Kelly. «Así pareces mayor», le había dicho. No sería la primera vez que le cantaban por la calle el *15 años tiene mi amor*. Paquita, la vecina, había venido a primera hora para peinarla y, por muy pesada que fuese, reconocía que le había quedado perfecto. El olor a laca la había mareado durante todo el viaje en tranvía. O puede que fuera que casi no había desayunado. Ni siquiera se había acordado de poner leche en el café, aunque ya le gustaba así, solo. Con el gusto amargo, había salido calle Cartagena abajo para coger el 46 a Dos de Mayo. Durante el trayecto había intentado imaginar cómo sería su jefe, sus compañeras, la oficina..., pero le era muy difícil. La señorita Virtudes le había conseguido el puesto de taquimecanógrafa al acabar el curso nocturno en la calle Tallers. Antes había trabajado de dependienta, pero su madre siempre la animaba a estudiar. «Un paso más —le decía— te llevará un poco más lejos». Bajar del tranvía con aquella falda de tubo sin dar un saltito era casi imposible y había aterrizado con tan mal pie que se le había roto el tacón. Por miedo a no ser puntual había llegado cojeando hasta el diario diez minutos antes.

Ana miró a derecha e izquierda antes de sacarse el zapato. Cogió el chicle que había ablandado en la boca y lo usó para enganchar el talón. Se lo volvió a calzar rápidamente. Bajó la vista a los pies. Dio un par de pasos y ya no tambaleaba. Todo en orden. «La primera impresión es muy importante», le había repetido al menos tres veces Isabel. «Tu imagen es tu carta de presentación, sobre todo en un mundo de hombres», le había insistido su hermana. El reloj ya marcaba las nueve en punto y una mujer menuda, con abrigo y sombrero marrón, redonda como una seta, entró en Muntaner 49. Ana decidió seguirla escaleras arriba hasta llegar a la recepción del diario. Un ordenanza la saludó con la cabeza y le abrió una puerta de madera maciza. Pasó a una amplia sala con un sofá de satén desgastado, pero que conservaba la belleza de un tiempo pasado, igual que aquella pulga de unos sesenta años que caminaba con seguridad. En un lado, dos telefonistas, tras un mostrador, le sonrieron cuando la vieron cruzar. Las chicas, jóvenes, con el mismo tinte rubio platino y el mismo pintalabios rojo, se movían como si fueran gemelas, auricular arriba, auricular abajo. La mujer les dio los buenos días y, de repente, se giró hacia Ana:

—Tú debes de ser la nueva taquimeca.

Ella, sorprendida, se detuvo y respondió como si la maestra pasase lista:

—Ana Blasco.

—¿Cuántos años tienes? —preguntó Pili, una de las telefonistas.

—Diecinueve.

—No te preocupes, vas monísima —añadió la otra, Rosi.

—El moño te queda muy bien, como tienes la cara así, alargada… —continuó la primera.

Ana no sabía si era un cumplido, pero se limitó a sonreír mientras se le repetían en la cabeza las palabras afiladas que su hermana le había clavado a gritos cuando eran niñas: «¡Cuello de jirafa!».

—Ni caso a estas Pili y Mili… —rio la mujer en voz baja—. Sígueme.

Cuando estaban a punto de entrar en una oficina, se giró y con la mano en el pecho dijo:

—Perdón, que aún no me he presentado. Las prisas… ¡Aquí todo son prisas! Ya te acostumbrarás. Soy Leonor, la responsable de secretaría. Me verás normalmente aquí fuera vigilando a ese par. En un diario hay llamadas que pueden ser de vida o muerte. Tu superior es el señor Félix, ahora te lo presentaré. Pero escucha bien: para cualquier cosa que necesites, pregunta o problema que tengas, primero vienes a mí. ¿Entendido?

Ana asintió obediente.

—Yo llevo en este trabajo más de treinta años. Y he visto de todo… Créeme, maja. Cuanto más discreta seas, mejor. Hay muchos hombres aquí. Demasiados… Mejor no hacerles mucho caso…

Leonor miró a Ana y a sus ojos asustados, castaños como su cabello, tan bien recogido en aquel moño. Y se vio a ella misma cuando empezó en 1931, cuando el diario aún estaba en la calle Librería y conoció a su marido.

Acababa de nacer la Segunda República y el futuro se llenaba de esperanza. Qué diferente era todo entonces, suspiró mientras se quitaba el sombrero y el abrigo. Todavía absorta en sus recuerdos, los colocó en un pequeño armario que abrió con una llave que llevaba colgada al cuello. Se giró hacia Ana y continuó:

—Pasadas las oficinas, después de un largo pasillo, está el zoológico…, la redacción. —Le guiñó el ojo—. Puede que te llamen de vez en cuando, pero tú estarás aquí. Mejor, créeme, maja. Aquello es un mareo…

Leonor abrió la puerta de administración, una gran oficina con cuatro mesas, una separada por una mampara, de donde salió un hombre grueso, alto, calvo y con una mirada de un azul tan transparente que si no fuese por su seguridad al andar parecería ciego. Con la boca medio torcida por una sonrisa forzada se presentó:

—Félix, el jefe del departamento.

—Buenos días —dijo Leonor.

—Buenos días. Ana, ¿verdad? —respondió él.

Ella asintió y dirigió la vista hacia los dos hombres sentados en las dos mesas que hacían compañía a la que sospechaba que sería la suya. Uno de ellos se levantó y se acercó para estrecharle la mano afectuosamente. Era muy mayor, podría ser su abuelo, pero era más ágil de lo que su aspecto frágil con aquellos lentes de relojero aparentaba.

—Javier, contabilidad. Bienvenida.

—Encantada, gracias. —Le devolvió el apretón de manos.

—Perdona que no me levante, maja, pero tengo la espalda un poco cascada —dijo el hombre que continuaba sentado. Rondaba la cincuentena y a primera vista no parecía que tuviese ningún problema de salud.

—Sí, claro. —Solo se atrevió a decir ella.

—Pero te puedes presentar, ¿no? Nadie sabe muy bien qué haces aquí —bromeó Leonor.

—Sí, claro —dijo él, imitando a Ana.

—Ay, ni caso. Mateo es muy bromista, pero en realidad es un trozo de pan. Es la mano derecha del señor Félix, pero también tiene que lidiar con anuncios para hacer cuadrar los números… Lleva aquí una eternidad. Chica, te ha tocado la oficina de las momias —rio Leonor.

A mediodía, Ana ya no podía aguantar más las ganas de ir al baño. Sabía que era una tontería no pedir permiso, pero tenía tanta tarea acumulada en su escritorio que le daba angustia no poder acabar ni la mitad. Quería causar una buena impresión en su primer día. Fue la mecanógrafa más rápida de su curso y tenía que demostrarlo. Finalmente, se levantó y antes de que pudiera abrir la boca, Javier le dijo:

—Está abajo.

Ana le miró perpleja.

—El baño —aclaró él.

—Chica, esto no es el colegio. No hace falta que pidas permiso. Eso sí, no tengo ni idea de cómo se va al lavabo de mujeres. Pregúntale a Leonor —añadió Mateo.

—Gracias —se limitó a decir Ana, y salió.

Leonor hacía un castillo de cartas en el mostrador de las telefonistas. Al verla, sonrió y dejó la correspondencia para acercarse a ella.

—Ay, pobre. Me he olvidado de explicarte lo más importante. Dónde están los baños de mujeres. Es una excursión. Están abajo. Ahora te acompaño, pero lo más importante que tienes que saber es que siempre me tienes que pedir la llave y tienes que cerrar por dentro. Por seguridad.

Ana la siguió por el pasillo. Una escalera de mármol más propia de un palacio que de unas oficinas conducía al piso inferior. Leonor se fijó en su cara de sorpresa y explicó:

—Nosotras no bajamos por aquí. Esta escalinata que parece de la Zarzuela lleva a la imprenta. Sí, no tiene sentido, pero fue cosa del anterior propietario... Antes de la guerra había otro diario. *¿El día gráfico* se llamaba? No recuerdo, desapareció hace muchos años. El caso es que el hombre estaba obsesionado con que un día vendría el Rey a visitar los talleres. La nuestra es mucho más modesta. —Señaló unos escalones huérfanos de ornamentación unos metros más allá.

Ambas bajaron hasta llegar a un discreto rellano que daba a la imprenta y a una pequeña puerta donde había un cartel indicando el lavabo de mujeres.

—¿Te acordarás de cómo volver? —le preguntó Leonor.

—Sí.

—Cuando salgas, cierras y me la devuelves. —Le dio la llave y desapareció escaleras arriba.

Cuando Ana abrió la puerta de los baños, se encontró a Pili apoyada en una pila. La chica rápidamente escondió algo que tenía en la mano. Al ver que era ella dijo:

—Eres tú… Qué susto, pensaba que eras Leonor. —Y descubrió el cigarrillo que había intentado disimular detrás de ella, a pesar del olor a tabaco.

—Hola.

Ana se metió en uno de los retretes. Pili continuó hablando con ella mientras la chica por fin liberaba las ganas de orinar.

—¿Has ido a la redacción?

—Aún no.

—Qué suerte, chica. Tú trabajarás con ellos. Nosotras solo les vemos pasar y hay quien ni se digna a darnos los buenos días. Tienen muchos humos…, pero hay uno muy mono. No sé cómo se llama… No nos dejan ni preguntarles la hora. Ay, chica, así no encontraré marido nunca.

Ana salió del váter y se dirigió a lavarse las manos a la pila. Miró la cara de aburrida de la telefonista y le preguntó:

—¿Y el trabajo te gusta?

—Pagan bien… —Pili dio una calada larga como un suspiro, hasta que dijo coqueta—: ¿Sabes qué quería ser yo cuando era niña?

Ana negó con la cabeza devolviéndole la sonrisa. La telefonista reveló el misterio:

—Maniquí.

Pili dio unos cuantos pasos con los brazos en cruz y la pitillera en la cabeza, intentando que no se le cayera.

—¿Crees que valdría?

Ana asintió riendo.

—Mi madre antes me corta las piernas… ¡Qué dirán las vecinas! —exclamó imitando una voz de mujer mayor—. Yo encuentro que es un trabajo tan decente como cualquier otro.

—Mi prima segunda es maniquí en Madrid.

—¡Ves! Y le va bien, ¿verdad?

Ana dijo que sí tímidamente, pero en realidad no sabía nada de ella. No la había visto nunca y solo se había enterado del escándalo que había causado la decisión de la chica, un poco mayor que ella. El primo de su madre la echó de casa y creía que aún ni se hablaban, pero le sabía mal romper los sueños de la telefonista.

—Debe de ser bonito, todos esos vestidos… —Y el humo volvió a dejar a Pili en silencio con la mirada perdida, hasta que de repente, despertó—: ¡Ostras! Tengo que volver o Rosi no tendrá tiempo. Y si no se echa un cigarrillo no hay quien la aguante. ¡Hay que ver! ¡A nosotras no nos dejan fumar y la redacción, en cambio, seguro que debe de parecer una chimenea! Ya me lo contarás todo, eh. ¡Quiero detalles! ¿Cierras tú?

—Yo también voy —contestó ella, un poco preocupada de perderse por el camino.

Las dos chicas salieron de los lavabos para volver a sus puestos de trabajo. Sus tacones finos picaban una rítmica melodía contra las baldosas, pero antes de que Ana girara hacia la oficina, Pili la cogió del brazo y la detuvo:

—Un consejo…

Ana la miró atenta. Pili abrió la boca, pero no decía nada, como si aún quisiera expulsar el humo del cigarrillo. Finalmente soltó:

—Nada, seguro que todo va bien.

Las palabras de la telefonista la pusieron aún más nerviosa. ¿Qué había querido decir con eso? ¿Por qué lo dudaba? Cuando se sentó delante de la Olivetti los dedos continuaron tecleando las notas que la anterior taquimecanógrafa no había tenido tiempo de pasar a máquina. Solamente le habían explicado que había dejado el trabajo de un día para otro por razones personales, pero después de la frase misteriosa de Pili ya no sabía qué pensar. De repente, dio un bote en la silla cuando notó una mano fría en el hombro.

—Nena, ven, que iremos a la redacción y así te conocerán —dijo el señor Félix.

Ana le siguió obediente, pero al llegar a la puerta él le hizo un gesto para dejarla pasar primero. El señor Félix caminaba con prisas y ella tenía que acelerar para mantener una distancia apropiada. A cada paso odiaba cada vez más aquella falda de tubo que le hacía la vida imposible en el tranvía, en los autobuses de dos pisos y cuando tenía que correr. Con lo cómodos que eran los pantalones, no entendía por qué solo se permitían para ir de excursión o en ocasiones muy informales. Recordaba con nostalgia la gran nevada de hacía tres años. Aquella semana sí que le dejaron ir a trabajar con los de licra, como excepción, aunque con tanta nieve en las aceras nadie entraba en la tienda. La gente salía a la calle para hacerse fotos en aquella Barcelona de velo blanco. Había empezado su primer trabajo y lo vivió como una gran aventura. Después trabajar fue una rutina tras otra, pero Ana esperaba que su tarea en el diario fuese muy diferente. Absorta en sus recuerdos, pasaron las escaleras y un pasillo hasta llegar finalmente a lo que llamaban redacción. Ella se detuvo y contempló aquella sala en forma de ele, con una mesa larga en el centro, donde una docena de hombres encorbatados picaban concentrados las máquinas de escribir y solo levantaban la cabeza cuando los teléfonos les interrumpían de vez en cuando. Como sospechaba Pili, la mayoría fumaba cigarrillos que dibujaban una fina niebla con olor a tabaco negro. En un lado había tres cabinas telefónicas y en un rincón, al final de la ele, un par de mesas cuadradas con más periodistas. Uno de ellos, puede que el más joven, se fijó en ella y soltó un silbido.

En aquel momento entró don Enrique del Castillo y con voz firme paró la impertinencia:

—Caballeros, no me hagan arrepentirme de llamarles así.

Se oyó alguna risa, pero la cara seria del director la cortó para imponer un silencio absoluto que solo él podía romper:

—Bienvenida, señorita…

—Ana.

—La señorita Ana es la nueva taquimecanógrafa y espero que la traten con el respeto que merece. —Y con esta sentencia volvió a encerrarse en su despacho.

—¿Cuántos años tienes? —preguntó un hombre que podría ser su padre.

—Diecinueve —respondió Ana pensando: «Qué manía con saber mi edad».

—Casi como mi hija. Hará los veintiuno este mes.

—Yo los veinte en julio.

El hombre sonrió cálidamente. Tenía los ojos pequeños y llorosos en medio de una cara que debía de haber sido muy atractiva de joven. De cuerpo aún atlético, llevaba la camisa un poco arrugada, como si aquella mañana nadie hubiera tenido tiempo de plancharla.

—Soy Roberto. Si te puedo ayudar, ya sabes. Me encargo de las noticias del extranjero. Normalmente no necesito taquígrafa, pero Vidal a veces te llamará. Él es quien organiza un poco el gallinero... No te preocupes, es un poco zafio, pero tiene buen corazón.

—Para, para, Roberto, no quiero causarle tan buena impresión —intervino el jefe de redacción, un hombre de unos cincuenta largos, con la ironía grabada en las arrugas de la frente.

—Por cierto, necesito más espacio —pidió Roberto a Vidal.

—¿Por qué?

—Ayer asesinaron a Malcom X.

—¿Y a quién le importa eso en este país?

—Algo hay que hacer.

—Un breve.

—¡No, no! Al menos media página.

—Si le damos demasiada importancia, seguro que la censura lo tacha.

—Caballeros —dijo el señor Félix—, no me asustéis a la nena.

—No creo que sepa quién es Malcom X —rio Vidal.

—Un americano que lucha por los derechos de los que son… ¿negros? —interrumpió tímidamente Ana.

—Caramba con la niña. Y tú, ¿cómo sabes eso? —preguntó el señor Félix.

—Mi padre me explica muchas cosas cuando escuchamos la radio.

—Y hace muy bien —valoró Roberto, guiñándole el ojo—. ¿Qué, Vidal? ¿Interesa o no interesa?

—Haz lo que quieras, pero si vuelve todo tachado por el censor, es cosa tuya. Ya irás tú a hablar con… —Y señaló el despacho sin nombrar al director, que volvía a aparecer, aunque esta vez acompañado de un chico de unos veintipocos años, que lucía el cabello exageradamente aplastado por la gomina y vestía el traje más elegante de toda la redacción. Ana no había visto nunca unos zapatos tan lustrados.

—Caballeros, les quiero presentar a Eduardo. Acércate, muchacho… Muchos de ustedes deben conocer a su padre, el señor Vicente. Hoy empieza como auxiliar y espero que le ayuden cuando sea necesario.

—¿Eso significa que tendremos descuento en corbatas?

—A ver, Roca, los chistes para cuando le toque guardia esta noche. ¿Entendido?

—Don Enrique, pero si hoy no…

—Hay que pensar antes de hablar, Roca.

El director se retiró a su despacho y el chico se quedó allí de pie hasta que encontró con la mirada una silla vacía en una de las mesas cuadradas. Roberto se acercó y le ofreció un apretón de manos.

—Internacional, encantado.

—Hoy hace de recepcionista —se rio Vidal—. Yo soy el jefe de redacción. Normalmente estoy en mi despacho, allí, a la izquierda, si no tengo que estar controlando el gallinero...

—¿Tú eres periodista? —preguntó el chico dirigiéndose a Ana.

—Empieza hoy, como tú. Pero no, es la nueva taquimeca —aclaró Roberto.

—Ah...

Ana no entendía por qué al chico le había sorprendido tanto verla allí, pero entonces miró a su alrededor y se dio cuenta de que no había ninguna mujer en la redacción. Eduardo acercó la silla delante de la mesa y cuando se sentó, una de las patas cayó y él también. Se oyó una carcajada.

—No te lo tomes mal. Es una novatada... Roca, esto no es la mili. ¡Basta de gilipolleces! —dijo Roberto—. Perdón —añadió al darse cuenta de que Ana aún estaba presente.

—Es importante mantener las tradiciones —respondió sonriente Roca, que no aparentaba ser mucho mayor que Eduardo.

—Roca, si no tienes trabajo, te envío al archivo —le amenazó Vidal.

Ana se mordía el labio para no reír, pero el señor Félix le estropeó la diversión:

—Guapa, ve pasando, que yo tengo que hablar con don Enrique. Sabes volver a la oficina, ¿no?

—Sí, claro. —No pudo evitar contestar, cansada de que todos la tomasen por una niña pequeña.

—Como tardaré un rato, pídele dinero a Leonor y baja a comprarme una caja de puros Álvaro.

Ana asintió y, con la espalda recta y la barbilla bien alta, caminó con seguridad pasillo abajo. Era joven, no sabía nada de diarios, pero escuchaba la radio y leía las revistas viejas que su madre traía de vez en cuando de la peluquería, donde se cortaba el pelo a cambio de hacer encargos, una bata mal cosida, unos bajos de una falda... *Fotogramas* era su preferida, pero casi siempre le daban las que contaban los cotilleos de los famosos, que acababan secando el suelo de la cocina. Y libros, era la más conocida en la biblioteca. Nadie tenía derecho a tratarla como si fuera una ignorante.

Después de pedir el permiso y el dinero a Leonor, Ana cogió el abrigo, saludó al ordenanza y se dirigió escaleras abajo para ir al estanco. Cuando le quedaban tan solo cuatro escalones, el chicle no pudo aguantar más el tacón y Ana bajó de culo hasta el suelo. Rápidamente se levantó. Nadie la había visto. Se sacó el zapato para arreglar aquel desastre, pero vio una sombra y se lo volvió a poner. Un hombre la saludó con el sombrero y subió. Cuando ya no le veía, ascendió las escaleras disimulando como pudo la falta del tacón. Pili, desde recepción, le hizo un gesto para que se acercase. Ella dudaba, pero la chica insistía tanto que acabó accediendo con la esperanza de que la pudiese ayudar o que tuviera un par de manoletinas de recambio.

—¿Has visto al nuevo? Es mono, ¿no? —preguntó la telefonista.

Ana aún llevaba el susto en el rostro. Levantó los hombros sin saber qué decir. Leonor, que era la única que se había fijado en cómo caminaba la chica, buscó en un cajón y se plantó delante de ella. Le cogió la mano y le ofreció un bote de pegamento. Con un suspiro le dijo:

—Nos ha pasado a todas, maja.

—Gracias.

—Ya voy yo al estanco. Tú arregla el zapato, Cenicienta —aconsejó, guiñándole el ojo.

Ana cogió el bote de pegamento, se giró hacia el pasillo, cojeó hasta los baños, entró y cuando cerró la puerta no lo pudo evitar, se echó a reír. Eso sí que era empezar con buen pie.

2

Cuando estaba a punto de poner las llaves en la cerradura, el chirrido de la puerta de la vecina la detuvo. En el rellano se podía oír a su madre y a Isabel discutiendo. No gritaban, pero las paredes de aquel edificio eran más finas que el papel de fumar de su padre. Paquita ya estaba con la oreja puesta, pero era incapaz de comprender las palabras que resonaban por la pintura amarillenta del tercero cuarta del número 335 de la calle Cartagena. Qué suerte, para la mujer más cotilla del barrio, que Ana justo llegara a casa en aquel momento.

—¿Ha pasado algo? —se apresuró a preguntar la vecina.

—Que yo sepa, no.

—Me parecía oír a tu madre un poco angustiada.

—No creo que sea nada. Gracias por preocuparse, Paquita —se despidió Ana camuflando su ironía de buenas maneras.

—Ay, ¿cómo ha ido? ¿Ha tenido éxito el moño?

—Muy bien, gracias.

—¿Te gusta el trabajo?

—Sí.

—Estás muy elegante con el moño.

—Gracias, Paquita.

—Mañana si quieres te lo vuelvo a hacer.

—No hace falta, Paquita.

—No me cuesta nada.

Solamente imaginarse a la vecina cada mañana en casa se le ponían los pelos de punta.

—Se lo agradezco mucho, pero es un poco tarde.

—Sí, claro, ve. Debe de haber sido un día muy largo.

—Buenas noches.

Ana abrió la puerta y la vecina no cerró la suya hasta que ella entró, con la esperanza de cazar algunas palabras que se escapasen del recibidor en aquellos pocos segundos en que podía colar los ojos y los oídos en casa de los Blasco. Toda la escalera la temía.

—Ay, mamá.

El suspiro de Isabel recibió a Ana mientras se quitaba el abrigo. No sospechaba qué había pasado, pero su hermana no parecía contenta. El padre, cansado de seguir la discusión, aprovechó la llegada de su hija mediana para alejarse del comedor, donde continuaba la disputa entre la madre y la mayor.

—¿Cómo ha ido?

—Bien… ¿Qué pasa?

—Han echado a Isabel.

—¿Por qué?

—¡Por el brazalete aquel de piedras! —exclamó de repente Prudencia, la pequeña de la casa, que vivía todo aquel alboroto como si fuera uno de los seriales de la radio.

—Tu madre le obligó a devolver el brazalete de perlas —aclaró el padre.

Ana se dirigió al comedor seguida de Prudencia, que con doce años se aburría mucho con dos hermanas que ya no eran niñas. Isabel, o Liz, como la llamaban los chicos del barrio por su parecido a Liz Taylor —hasta se teñía y se cortaba el pelo como ella para alimentar más el sobrenombre—, estaba sentada en una butaca de morros y con los brazos cruzados. Le faltaban pocos meses para cumplir los veintiuno, pero allí, con aquella actitud, parecía una criatura en plena rabieta.

—Ni se te ocurra llamarle.

—El trabajo me gusta, mamá.

—Ya encontrarás otro.

—Sin carta de recomendación…

—Ah, no. Te va a escribir la mejor carta de recomendación que haya hecho en su vida o voy a ir yo a hablar con su mujer. A ver si le gusta saber que su maridito se dedica a engatusar a jovencitas.

—A mí no me ha engatusado nadie, mamá.

—Pues no haber aceptado el brazalete.

—No quería quedar mal.

—No se puede ser tan coqueta, Isabel. Te va a llevar a mal puerto tanta…

—Mamá, ¡que yo no he hecho nada!

—Ya lo sé, hija. Es que estos hombres me ponen enferma… Pero ¿qué se ha creído? Encima de que eres honrada…

—Ya ves para lo que sirve.

—Pues sirve para mantener la cabeza bien alta, hija. Ana —finalmente se percataron de su presencia, —a ver si convences a tu hermana de que no puede volver a trabajar con ese…

Pero antes de que la madre pudiera acabar la frase, Isabel se levantó de golpe al ver los pies de Ana y exclamó:

—¿Qué le ha pasado a mis zapatos?

—Se me ha roto el tacón.

—¿Y qué es eso rosa? —Le pidió con la mano que le diera el zapato.

—Chicle.

—¡Qué buena idea! —exclamó Prudencia; o Prudi, como la llamaba su padre.

—Lo vi en una película —aclaró Ana.

—Pero ¿cómo lo has roto? —se enfadaba cada vez más Isabel.

—Al saltar del tranvía…

—¿Saltar? ¿No puedes bajar como la gente normal?

—Si estás de mal humor, no lo pagues conmigo.

—Lo arreglarás tú, eh, guapa.

—Ya le he puesto pegamento.

—Eso es una chapuza.

—Has sido tú quien ha insistido en que me pusiera tus zapatos.

—Encima de que te ayudo a que no hagas el ridículo…

—Y, por cierto, el primer día, bien, gracias por preguntar… —ironizó enfadada Ana.

—Entonces ¿de qué te quejas?

—Niñas, ya basta. Venga, que ya es tarde. Ana, ayúdame con la cena y me cuentas cómo te ha ido.

Isabel se encerró en su habitación, la que compartía con Ana desde que ella nació. Eran la noche y el día, pero se querían hasta la muerte. Prudencia envidiaba esa conexión entre sus dos hermanas mayores. La diferencia de edad la alejaba de su mundo. Qué sabía ella de trabajos, novios, jefes, brazaletes, vecinas chismosas… Inocente como un gorrión, no hacía honor a su nombre y siempre acababa contando más de la cuenta. Se quejaba de que le habían tocado los peores ojos —llevaba gafas desde los diez—, la peor altura —demasiado bajita para su edad— y el peor nombre. Pero siendo la tercera y de rebote, a sus padres se les había acabado la imaginación y buscaron el santo del día. Isabel tuvo más suerte. A pesar de nacer el día de Santa Felipa, la madre siempre había tenido claro que su primera hija se llamaría como su hermana, tan solo trece meses menor, que había muerto de escarlatina a los siete años. Tenía muchos hermanos, pero Isabel era casi como una gemela, con quien había compartido cama, ropa y aventuras en el pueblo, y cuando dejó este mundo, para Margarita fue como si hubiera perdido una parte de sí misma. Ana también fue más afortunada al llegar un 26 de julio. Los padres pueden ser muy crueles con el santoral.

—Ya se le pasará —le dijo la madre a Ana, que aún enojada miraba la puerta cerrada de la habitación.

—A mí me da igual —respondió ella orgullosa.

—Venga, si no soportáis estar enfadadas ni cinco minutos…

Siempre que Ana y Liz se peleaban, la madre recordaba cuando ella y su hermana eran pequeñas. Lo hacían todo juntas y eso les hacía discutir, pero lo pasaban tan mal enfadadas que a los dos minutos ya hacían las paces. Dormían en aquella montaña de colchones de lana que las protegía del suelo frío. Y cómo reían inventándose historias, pensando bromas para su hermano un par de años mayor o imaginándose un futuro que parecía sacado de un cuento de hadas… Los inviernos podían ser muy duros en el pueblo, pero el padre se ganaba bien la vida como capataz y no les faltaba de nada. Cada semana el cabeza de familia se subía al burro e iba a la capital para comprar lo que la tierra no les daba. Margarita nunca olvidará el día que trajo, aparte de zapatos para la mitad de sus nueve hijos, una perrita para las menudas de la casa. Las dos jugaban con Linda todo el día. El animal, tan manso, se dejaba hacer de todo y hasta lo ponían a dormir en una cuna de madera como si fuese un bebé. La querían con locura y la cuidaban con mucho afecto. Fueron los mejores años para Margarita. Después llegó la muerte de Isabel y las desgracias nunca vienen solas. Al poco tiempo, aún una niña, tuvo que dejar la escuela para ayudar a su madre en casa. La mayor había partido para trabajar en Madrid y ella era la única chica que quedaba. Con nueve años limpiaba, cocinaba, lavaba la ropa en el río… Después llegó la guerra y ella no entendía nada, pero ya nadie reía en aquella casa.

Unos en un bando, otros en el otro, pero todos eran hermanos o primos, o padres o abuelos. Linda murió el día antes de que acabara la guerra. Ellos fueron de los perdedores y no tuvieron más remedio que coger el tren hacia Barcelona, donde un familiar se había instalado ya en el 36. Cómo había volado el tiempo…, entre racionamientos; nacimientos: los de sus tres hijas, y muertes: las de sus padres.

—Mamá, ¿qué hay para cenar? —la despertó Prudencia de sus recuerdos, mientras sacaba la olla del fuego.

—Lentejas.

—¿Lentejas? —se quejó la niña.

—Si las comes, bien; si no, las dejas.

—¡Yo no cenaré! —gritó Isabel desde su habitación.

—Ahí dentro seguro que no —respondió la madre.

—¡No pienso salir! —insistió ella tozuda.

—Para ti la perra gorda.

Isabel lo tenía todo. Era guapa, con un cuerpo lleno de curvas que enloquecían a los chicos; inteligente, siempre la primera de la clase; limpia y pulcra, impecable en todo lo que hacía. Pero lo que más le preocupaba era encontrar un buen marido. Rodeada de hombres, dudaba, dudaba y acababa escogiendo al que menos le convenía. Ana tenía un rostro de muñeca adorable, pero delgada como un palillo no era lo que el género masculino anhelaba. Un cero a la izquierda para las manualidades, la profesora de Labores ya le dijo bien claro: «Si cose así, señorita, llegará a la vejez soltera». Pero ella no se dejó impresionar por la sentencia de aquella mujer amargada. Si algo envidiaba

Isabel de Ana era su capacidad para no dejarse intimidar. Su habilidad por las letras y los números la habían llevado ya más lejos que a Liz, que se empeñaba en hacer de secretaria, a pesar de los problemas que siempre acababa teniendo con sus superiores, que no podían quitarle los ojos de encima. Y algunos, tampoco las manos.

Durante la cena que la tozuda de Isabel se perdió por no querer salir de la habitación, los padres pudieron hablar con Ana sobre su primer día en el *Diario de Barcelona*. Escuchaban su relato con admiración y un poco de miedo al ver a su hija en un mundo que ellos desconocían.

—¿Y te tratan bien, hija? —se preocupaba la madre.

—Sí.

—¿Son majos?

—Las telefonistas son muy simpáticas.

—Qué bochorno lo del tacón…

—No pasa nada. Al final me he reído.

—Suerte que te ha ayudado esa mujer. ¿Cómo se llama?

—Leonor.

—Suerte de Leonor. Ya sabes a quién acudir si…

—Sí, mamá. No te preocupes.

—¿Qué máquina tienes?

—Una Olivetti.

—Son las mejores. —Y su madre lo sabía muy bien. Unos cuantos años antes de casarse había trabajado en la fábrica de Glorias montando las letras de las máquinas de escribir.

—Ya sabía yo que te iba a hacer ilusión.

La madre rio. El padre la miró y vio a la chica de dieciocho años que conoció una tarde de primavera en el parque de la Ciudadela. Le encantaba el sonido que desprendía su sonrisa; le iluminaba sus ojos almendrados y su boca de piñón. Es lo que le enamoró. Él había llegado con su bicicleta y se dirigía con un libro a sumergirse en las aventuras del capitán Ahab. Siempre se sentaba tranquilamente en un banco delante del Desconsuelo. En silencio. Pero cuando no llevaba ni media página la oyó. Y ya no leyó más aquel día. Hablaron, hablaron y hablaron... Su infancia había sido tan diferente, él en Barcelona y ella en aquel pueblo de Zamora. Era casi un milagro que se hubieran encontrado.

—Prudencia, a la cama.

—Ana, ¿me ayudas? —pidió el padre.

—Yo también —se ofreció la niña.

—No, Prudi. Ya has oído a mamá. Mañana tienes colegio.

Prudencia arrastró los pies hacia su habitación, tan pequeña y acogedora como ella, llena de telas, hilos y la máquina de coser de su madre, que servía como mesita de noche. Ana quitó la mesa mientras su padre se sentaba en la butaca donde Isabel había discutido antes. Una manta de ganchillo cubría una mancha de café que se resistía a desaparecer del respaldo. Jaime se colocó unas gafas de vidrios gruesos que aumentaban sus ojos; verdes como esmeraldas, daban color a su rostro pálido. Encendió una lámpara de pie antigua, una de esas de mampara con flequillo, y cogió un libro del montón que tenía justo al lado. Con una sonrisa se lo pasó a Ana y dijo:

—¿Por los viejos tiempos?

Ana se echó a reír cuando leyó el título: *Veinte mil leguas de viaje submarino*. Julio Verne era como un miembro más de la familia. Con tan solo cinco años, había aprendido a leer. Así entretenía a su padre cuando cosía en casa las pelotas de cuero que después los jugadores del Barça chutaban en el campo. Pero ya hacía tiempo que se había quedado sin el trabajo, desde que las máquinas reemplazaron a los costureros. Desde entonces el padre trabajaba como marchante de una casa de juguetes. Ya no recordaba cuándo había sido la última vez que le había leído en voz alta. Ana, curiosa, preguntó:

—¿Y eso?

—Me lo han pedido. Como un favor. Para un partido conmemorativo —respondió él mostrando una pelota de cuero a medio acabar.

—Es un sentimental —añadió la madre.

—Continúa por el punto.

—Pero solo un rato, que mañana la niña tiene que madrugar.

—Que sí, mujer. Si casi ya estoy…

—Sí, sí, pero luego os animáis y…

—Margarita, no te preocupes.

La madre también cosía. Después de Olivetti dedicó su vida a la costura y allí estaba, bajo la misma lámpara que su marido, en la butaca de al lado, poniendo los botones de un vestido para Prudencia, después de ocho horas de jornada laboral en los talleres de la Casa Kundry. Ana miraba a sus padres y no entendía cómo a ella le costaba y le desagradaba tanto coser. Estaba claro que eso no lo había heredado de ellos. Sacó la cinta roja que el padre usaba de punto de libro y empezó a leer. Su voz resonaba en el comedor y de vez en cuando se mezclaba con la conversación de algún vecino que atravesaba las finas paredes de aquel edificio. Se sumaban las campanadas del hospital de San Pablo que tocaban todas las horas y todos los cuartos que un reloj podía tener. Pero a Jaime no le importaban los ruidos, a él le encantaba oír a su hija relatando aquellas aventuras coloreadas que le alejaban del gris de la rutina.

3

El tiempo en el diario corría más deprisa, como si los minutos allí dentro durasen solo treinta segundos. La montaña de hojas y notas en libretas que Ana tenía que pasar a máquina para que fueran inteligibles no se acababa nunca. Su compañero de administración tampoco daba abasto. Javier se ponía enfermo día sí, día no, y todo recaía en Mateo. Nadie sabía muy bien qué hacía el señor Félix, aparte de mandar. Se encerraba en su rincón y solo salía para dar órdenes. Sabían que estaba allí gracias al hilo de humo de su puro, que se colaba por encima de la mampara que le separaba de los demás.

—Ana, ¿puedes ir a redacción? Roberto te llama —le comunicó de repente el señor Félix.

La chica daba un bote en la silla cada vez que notaba la mano fría de su superior en el hombro. Con el ruido de la máquina de escribir no oía nunca sus pasos y siempre la cogía por sorpresa, a pesar de que aquel gesto se repetía casi cada día, para que le trajera un café o porque le tenía que dictar una carta.

—Sí, claro —respondió ella marcando la tecla del punto final de una frase con la esperanza de poder hacer aquella tarde algo más interesante al otro lado del pasillo.

—Voy a ver a un cliente. No me añoréis demasiado —se despidió Mateo.

El señor Félix y Ana se quedaron solos. Aquel lunes Javier no había venido. Una gripe. Otra vez. Ella estaba a punto de pasar el marco de la puerta cuando su jefe la detuvo:

—Un momentito. —El señor Félix se acercó y colocó sus manos en los hombros de ella—. Si tienes cualquier problema en la redacción me lo dices, ¿de acuerdo? —soltó con tono paternalista—. Pueden llegar a ser un poco groseros… a veces.

Ana sonrió y él le dio una palmadita en la espalda, abajo, un poco demasiado abajo, acertando en el culo. Ella se quedó pasmada, pero salió rápido de la oficina y se dirigió pasillo arriba. Se convenció de que había sido un error de cálculo. Él tenía las manos tan grandes y ella era tan delgada… Pero no le había hecho ninguna gracia. Aceleró el paso y una vez en la redacción respiró a fondo para recuperar el aliento. El sonido del teclear y el ring de los teléfonos le transmitía una extraña calma. Roberto le hizo una señal con el dedo y ella se acercó:

—Siento robarte el tiempo.

—No pasa nada —respondió ella, contenta de estar allí.

—Te quería pedir un favor.

—Sí, claro.

—Mi hija está haciendo el servicio social. Quiere irse al extranjero y aún no tiene el pasaporte… Tiene un novio americano, qué le vamos a hacer —suspiró—, pero, vaya, la cuestión es que tiene que confeccionar una falda y es una inepta para las manualidades. Nunca le han gustado, ni de niña. Y coser, todavía menos. Mi mujer está enferma y no la puede ayudar.

Ana no entendía muy bien qué le estaban pidiendo. Roberto no paraba de dar vueltas como si no se atreviese a hacer la pregunta que le rondaba por la cabeza, aunque finalmente la soltó:

—¿Tú podrías hacer la falda?

Ella continuaba en silencio como si esperase que le dijeran que era una broma. Ella también tuvo que hacer el servicio social de la sección femenina, pero en su caso para poder trabajar, no para irse de vacaciones con su John Wayne. También tuvo que confeccionar una falda, pero en realidad la modista fue su madre, porque ella, al igual que la hija de Roberto, también era negada para la costura.

—Sí, claro —respondió finalmente Ana. Se lo tendría que pedir a su madre y sabía que no le haría ninguna gracia. Pero no tenía más remedio si no quería perder el trabajo.

—Muchas gracias —respondió aliviado Roberto—. Te lo pagaré, ¿eh…? Ya me dirás el coste.

—No hay de qué.

Ana se fijó en una mujer mayor, de unos setenta y muchos años, elegante, menuda, pero de paso decidido, que cruzaba la redacción. Roberto la saludó:

—Hola, María Luz.

—Buenas tardes —respondió la misteriosa dama.

Ella la siguió con la mirada, hasta que la vio entrar en el despacho de don Enrique. Era demasiado mayor para ser su esposa y demasiado joven para ser su madre. ¿Una hermana? Ella era la única persona del género femenino que podía pisar la redacción, aparte de la secretaria del director. ¿Quién era María Luz? Roberto interrumpió sus especulaciones:

—¿Cuándo crees que puedes tener la falda hecha?

—No sé... ¿En una semana?

—Eso es más que perfecto, gracias.

—¿Desea algo más...? —preguntó Ana con la esperanza de poder hacer su trabajo en aquella sala, atraída por el movimiento de los periodistas, los que acababan de llegar y se sentaban para escribir, los que se levantaban de la silla para meterse en una de las cabinas telefónicas o los que estaban de pie y negociaban con el jefe de sección. Odiaba el silencio de administración, que solo se rompía con el teclear de su máquina de escribir, con la tos de Javier o con los suspiros de «ay, Dios mío, Dios mío» que soltaba de vez en cuando Mateo. Parecía un cementerio. En cambio, ahí había vida.

—Nada más por hoy. Gracias —se despidió Roberto.

Ana volvía a administración con la decepción en el rostro. La señorita Virtudes le había contado que las taquimecanógrafas de los diarios a veces asistían a los periodistas en entrevistas o transcribían partidos de fútbol, pero ella empezaba a pensar que su profesora se lo había inventado todo para animarla a aceptar el trabajo. Desde que había entrado hacía una semana, solo servía cafés, cogía dictados de cartas y pasaba a máquina la tarea pendiente de su predecesora. El señor Félix se sorprendió de verla de vuelta tan pronto y se acercó a ella:

—¿Ya estás aquí? ¿Qué querían?

«Una criada», pensó, pero se limitó a decir:

—Un favor.

—¿Qué favor?

—El señor Roberto quiere que le haga de modista… para su hija.

—Muy bien. ¿Y esa cara?

—Nada. Esperaba que…

—¿No te gusta tu trabajo? —preguntó con una sonrisa torcida.

—Sí.

—Somos muy afortunados, Ana. Trabajamos para el diario más antiguo del continente europeo. ¿Lo sabías? No todo el mundo puede presumir, ¿verdad? —le preguntó, guiñándole el ojo.

Ana se sentó sin decir nada y continuó la página que había dejado en la Olivetti. Sí, recordaba el discurso que le había dado el primer día, pero también había oído las conversaciones de Pili y Rosi sobre la decaída del rotativo. El «*Brusi*», como llamaban al *Diario de Barcelona* en referencia al propietario más influyente que tuvo en el siglo XIX, todavía mantenía prestigio en la ciudad, pero había perdido tirada. *La Vanguardia*, *ABC* y *Pueblo* estaban al frente. El señor Félix se quedó a su lado, mientras ella tecleaba. Ella forzó una sonrisa y él volvió tras su mampara.

Leonor entró en su piso en la esquina de Villarroel con Aragón y olió la lavanda que colgaba dentro de una bolsita en el recibidor de papel pintado de flores. Una silla forrada de tela la esperaba para que dejase su sombrero y abrigo, como cada noche que llegaba a casa. Siempre era la última en irse de las oficinas. En la redacción quedaban los periodistas, pero a las ocho las telefonistas terminaban y en la recepción solo quedaba el ordenanza, con quien Leonor se entretenía un rato charlando. Con una sonrisa miró la línea recta del pasillo y alzó la voz:

—Hola cariño, ya estoy en casa.

Un viejo gato atigrado apareció por la puerta de la cocina corriendo hacia su ama. Se acercó a Leonor y se paseó entre sus pies ronroneando.

—¡Quién quiere un marido cuando te reciben así! —rio Leonor—. ¡Espera, espera, Trueno!

Leonor acabó de quitarse el abrigo y lo dejó, juntamente con el sombrero, sobre la silla del recibidor. Se agachó para acariciar al gato, que seguía maullando.

—Seguro que un hombre no sería tan cariñoso. Ni siquiera tú, Manolo… —Leonor se detuvo delante de un marco, en el pasillo—. Eras un encanto, pero tieso como un palo de escoba.

La mujer lanzó un beso a la fotografía y volvió a mirar al gato, que reclamaba ansioso su atención.

—¿Qué hace esta vieja hablando con los muertos? Sígueme, Trueno, que seguro que debes de estar hambriento. Mira que hoy me parece que tengo pescadito para ti.

Leonor entró en la cocina seguida de su fiel amigo. Abrió la despensa y suspiró:

—Y para mí también. Otra vez sardinas. Ay, a ver cuándo tengo tiempo para ir al mercado.

Al ver las latas, el gato trepó a sus piernas y empezó a lamerse los bigotes.

—Ya va, ya va... Me has echado de menos, ¿eh, travieso? —Le puso unas sardinas en un plato y el gato se lanzó hambriento—. Tranquilo, que dentro de poco tendremos mucho tiempo para estar juntos, ir al mercado...

Pero estas palabras la entristecían. Se sentó en una silla y apoyó las manos en la mesa de la cocina. Miraba a Trueno, cómo comía. Todo el día solo, pobrecito, enjaulado en este piso diminuto del Ensanche..., pensaba la mujer. Y se veía a sí misma en pocos meses, cuando finalmente cumpliera los sesenta y cinco y llegara el día de jubilarse. Seis meses y diez días, exactamente. Todavía recordaba cuando encontró al gato en la calle Aribau, quince años atrás. Era enano, casi recién nacido. Parecía una rata mojada por los charcos. Un trueno fue lo que le salvó. De aquí venía su nombre. Al asustarse por el ruido fue a parar a los pies de Leonor y desde aquel día eran inseparables. Ella ya era viuda. Llevaba casi media vida sin su marido. La maldita guerra se lo llevó nada más empezar. Ella no podía tener hijos, pero él nunca se lo tuvo en cuenta. La amó incondicionalmente hasta que un disparo lo mató cuando luchaba al lado de otros anarquistas de la columna Durruti. Su amor no murió nunca y Leonor no quiso a ningún otro hombre. Y allí estaba, con la compañía solitaria de Trueno, en aquella cocina que cada día parecía más vacía. Primero regaló la vajilla que su madre le dio cuando se casó. «¿Para qué necesitaba tantos platos ella sola?», les dijo a los nuevos vecinos, recién llegados de la luna de miel. Y la mantelería, que no tenía ganas de usar ni en fechas señaladas. O las copas de vino que nunca bebía… Todos la querían en la escalera. Leonor, la generosa. Pero nadie la invitaba ni a un café una tarde aburrida de domingo. Sin marido, sin hermanos, sin cuñados, con los padres ya desaparecidos hacía tiempo… Solo le quedaba aquel trozo de carne con pelo y patas que temía que no tardaría también en dejarla.

Roberto oyó el sonido del televisor al meter la llave en la cerradura. Su mujer no la miraba. Compraron el aparato para sus hijos y pocos meses después Mario se fue a trabajar a Madrid y Lucía no paraba en casa. Sospechaba que su hija había venido de visita. No lo hacía a menudo, a pesar de que Lourdes la necesitaba más que nunca, pero se olía que a la chica le asustaba demasiado la enfermedad de su madre.

—Hola —saludó estirada en el sofá sin hacer mucho caso al televisor. Alargó los brazos y se peinó el cabello suelto, rubio como el que lucía Lourdes de joven. Tenían los mismos ojos claros, aquella piel tan blanca que casi transparentaba… Se parecía a ella más de lo que Lucía querría.

—No sabía que hoy venías.

—Mamá me llamó.

—¿Habéis hablado?

—Un poco, estaba cansada.

—Te echa de menos.

—Tengo un hambre… Le he calentado el caldo a mamá, pero yo no he comido nada.

—Me parece que aún quedan lentejas de Remedios.

Roberto fue a la cocina, seguido por su hija. Desde que su mujer estaba enferma, Remedios, una de las mejores amigas de Lourdes, les llevaba comida cada día y le hacía compañía. Él pasaba la jornada en la redacción y ella se quedaba sola en su habitación. Solo las visitas diarias de su fiel compañera de escuela rompían por una hora su solitud.

Lucía se sentó delante de la pequeña mesa al lado de los fogones, donde hacía los deberes cuando era niña mientras su madre preparaba la cena. Roberto puso las lentejas en una olla y encendió el fuego.

—No hay mucho. ¿Hago arroz para acompañar?

—Como quieras.

El padre miraba preocupado a su hija. Hablaban poco. Él siempre les había animado a que confiaran en él cuando tuvieran un problema, incluso les había hecho tratarlo de tú desde que pronunciaron su primera palabra. No quería poner ninguna barrera entre ellos, pero a veces creía que había conseguido el efecto contrario. Uno a Madrid y la otra, pronto, todavía más lejos. Roberto, de repente, recordó:

—Ana, una chica del trabajo, te hará la falda.

—Perfecto.

—Se la tendré que pagar.

—Sí, papá, ya me lo imagino.

—Un «gracias» tampoco estaría mal. No me ha gustado nada tener que pedirle a la pobre...

—Si lo hace es porque quiere, ¿no?

—Puede que tenga miedo a perder el trabajo... No me gusta esto —se arrepentía Roberto.

—Papá, ya está hecho. Tampoco es el fin del mundo.

—Hablando del fin del mundo... ¿Cuándo te vas?

—Cuando tenga el pasaporte.

—¿Por qué no te quedas en casa hasta que viajes a Washington?

—Vivo con John, papá.

—Oficialmente vives aquí.

—Me importa un comino lo que piensen los vecinos.

—Hazlo por tu madre.

—Ella no ha dicho nada.

—No le hace ninguna gracia.

—Ahora no me vengáis con la moralina, ¿eh?

—Lucía, siempre te hemos apoyado en todo, solo te estoy pidiendo un favor.

—Lo siento, papá, pero no puedo vivir más en esta casa, es deprimente... Aquí me ahogo. No puedo —dijo en voz baja para que su madre no la oyera, aunque sabía que últimamente estaba demasiado débil incluso para acercarse a escuchar a escondidas la conversación.

Roberto había intentado dar a sus hijos las libertades que el régimen no les ofrecía, pero no aceptaba su egoísmo.

No habían sufrido ninguna guerra, tenían más estudios que su madre y vivían una vida cómoda. Mario ganaba más dinero que él. Y a Lucía aún la mantenía, a pesar de que tuviera edad para ser independiente. Él, cuando tan solo era un adolescente, tuvo que cuidar de un padre inválido hasta el final de sus días, pero en su época nadie era joven; eran adultos pequeños.

—Tengo que irme —soltó ella de repente.

—¿No tenías hambre? —se sorprendió él.

—No.

Lucía se puso el abrigo y se quedó mirando a Roberto un rato en silencio. Finalmente, le dio un beso en la mejilla y se fue. «Ella siempre gana», pensó él y no pudo evitar que las lágrimas se le escapasen de aquellos ojos que siempre parecían llorosos, incluso en los días en que era feliz por unos momentos. La pequeña de la casa volaría lejos pronto y la tristeza le paralizaba. No sabía cómo retenerla. Ni siquiera la enfermedad terminal de su madre la podía detener. O puede que fuera ese hedor a muerte lo que la hacía huir del nido.

4

Su índice recorría poco a poco el borde de la taza de café casi vacía que Carmeta le había puesto delante hacía casi una hora. Ana sonreía a Pedro, que también esperaba impaciente que su abuela los excusara de la mesa, pero parecía que la vieja tenía palique para rato. A pesar de sus ochenta años, era ágil y tenía la cabeza muy clara, pero estaba sorda y eso hacía que las conversaciones fueran eternas. Ahora que Ana había empezado en el diario, ella y Pedro solo podían verse los sábados por la tarde. Los domingos él tenía que estudiar si quería acabar Derecho en los dos próximos años. Y entre semana hablaban por teléfono, porque Ana salía demasiado tarde para quedar.

—¿Así que el trabajo te gusta? —preguntó Carmeta por enésima vez.

No es que le fallase la memoria. Pasaba tanto tiempo entre una pregunta y la otra que la mujer a veces se olvidaba de lo que había dicho. Ana, con la mejor de sus sonrisas, respondió:

—Sí, son muchas horas, pero está bien.

—¿Qué dice? —gritó la vieja a su nieto.

—Que sí, abuela —aclaró Pedro.

—Ah… ¿Y qué periódico dices que es? —volvió Carmeta.

—El *Diario de Barcelona* —respondió Ana.

—¿Cuál?

—El *Diario de Barcelona* —repitió Pedro.

Por alguna razón que Ana no acababa de comprender, Carmeta oía mucho mejor a su nieto que a ella. Los dos estaban sentados delante de la anciana, a la misma distancia, pero la voz de Pedro era mucho más grave y puede que el oído de la vieja aún no se hubiera acostumbrado al acento barcelonés. Casi no salía de casa. Se pasaba el día delante de aquella mesa redonda cubierta por el hule en el comedor. Se había hecho un rinconcito con su jarra con agua de Litines, un vaso, un pañuelo, la cajita de pastillas Juanola y las cartas para hacer el solitario siempre que se quedaba sola, que era toda la jornada, desde las ocho de la mañana hasta las seis de la tarde. Su hija, la madre de Pedro, se tuvo que poner a trabajar cuando se mudaron a la ciudad. En Vic no era necesario, pero aquí todo era mucho más caro.

—Abuela, nos gustaría escuchar música —se atrevió finalmente el chico.

—Sí, claro, pero nada de ir a la habitación.

—No, abuela, ya traigo la gramola.

—¿Qué vas a poner?

—Una zarzuela.

—Muy bonitas, pero no la pongáis demasiado alta, ¿eh? —Como si a ella le pudiese molestar el volumen. La mujer estaba más preocupada por los vecinos que por ella, obviamente.

—No, no se preocupe.

Pedro fue a buscar el tocadiscos. No todo el mundo se lo podía permitir. Ana hacía tiempo que pedía uno para su cumpleaños, pero costaba el sueldo de un mes y su madre decía que era prescindible. Con el nuevo trabajo, si ahorraba suficiente, a lo mejor se lo compraría ella misma cuando hiciera los veinte. El chico colocó el aparato en la otra punta del salón, lo más lejos que pudo de la abuela.

—Aquí no la molestaremos.

Ana se acercó a Pedro. Él sacó de debajo del jersey un EP de los Beatles y lo mostró disimuladamente. Solo tuvo tiempo de leer *Yesterday*.

—Es nuevo.

—¿Lo has comprado?

—Me lo ha pasado Quique. Se lo tengo que devolver mañana, así que escuchémoslo antes de que lleguen mis padres.

Pedro puso el disco y escondió el sobre debajo de su jersey de lana negra, que no dejaba entrever su tesoro. Tenía mucha práctica. Es lo que hacían cada sábado si no iban al cine. La madre no había entendido por qué su hijo se había enfadado tanto al saber que su escondite preferido estaba sucio. Tozudo, se lo puso igualmente y nadie en aquella casa sospechaba el porqué de aquella rabieta.

Se conocieron en la plaza Ibiza hacía dos años, pero no empezaron a salir juntos hasta tres meses después cuando Pedro acabó el primer verano del servicio militar de los universitarios en Los Castillejos. Moreno, alto y de rostro amable, entró en el bar Quimet, con las manos en los bolsillos, donde había quedado con sus amigos. Mientras los buscaba con la mirada, vio a Ana sentada en una mesa con Liz. El chico admitió que en quien se fijó primero fue en su hermana, pero cuando habló con ellas, ya solo tuvo ojos para Ana. Unas semanas antes ella había visto *Charada* dos veces, primero con Isabel y después con su padre y Prudi. Intentó una tercera con su madre, pero ella solo quería ver «películas bonitas», como ella decía, y había oído que en esta había tiros y a ella no le gustaban esas cosas. Ana las veía todas, incluso se había aficionado a los cinefórums. Era casi perfecto, él se parecía a Cary Grant y a ella siempre le habían dicho que tenía un aire a Audrey Hepburn, el mismo color de pelo, los ojos grandes, pero sobre todo una figura larga y delgada. Mejor que la comparasen con la actriz y no con una jirafa, como hacía su hermana mayor. Su físico se había equivocado de época, pero le confortaba saber que una mujer como ella había triunfado en Hollywood. No todas tenían que ser como Liz.

Cuando sonó *Yesterday,* la última canción del EP, la abuela gritó sin darse cuenta:

—¿Todavía es la zarzuela? ¿Cuál es? No la reconozco.

—Es una nueva. No creo que la conozca, abuela.

—Ah… Es que no oigo muy bien, ¿sabes? —le dijo a Ana, como si fuera una novedad, aunque hacía casi un año que ella ya sabía que la mujer estaba sorda como una tapia. ¿O lo fingía? Le costaba creer que pudiera confundir a los Beatles con una zarzuela. Puede que hiciera la vista gorda allá donde no llegaban sus oídos. No le gustaban esos «piojosos»; ni a la vieja ni a nadie que pasara de los treinta.

Pedro se levantó y salió del salón. Al volver llevaba una biblia en la mano. Ana le miró extrañada hasta que él sonrió misterioso. Se sentó a su lado y abrió el libro. Dentro había un papel con letra escrita a mano. Se lo acercó sin sacarlo y le dijo:

—He conseguido lo que me pediste.

—¿Sí? —preguntó ella, al darse cuenta finalmente de a qué se refería.

—Quique sabe inglés.

El papel escondido contenía la letra de la canción *She loves you* traducida al castellano. Ana empezó a leerla en silencio, concentrada como si rezase el padrenuestro:

Ella te quiere, sí, sí, sí,
Ella te quiere, sí, sí, sí,
Ella te quiere, sí, sí, sí,
Crees que has perdido a tu amor
Pues yo la vi ayer
Es en ti en quien está pensando
Y me dijo que te contara
Que te dijera que te quiere
Y tú sabes que eso no puede ser malo
Sí, te quiere
Y sabes que deberías estar contento

Me dijo que le hiciste tanto daño
Que casi perdió la cabeza
Y ahora dice que sabe
Que tú no eres de los que hacen daño
Dice que te quiere
Y sabes que eso no puede ser malo
Sí, te quiere a ti
Y sabes que deberías estar contento
Ella te quiere, sí, sí, sí,
Ella te quiere, sí, sí, sí,
Y con un amor como ese
Sabes que deberías estar contento

Sabes que tú tienes que decidir
Creo que es justo
El orgullo puede hacer daño también
Pídele perdón
Porque te quiere
Y sabes que eso no puede ser malo
Sí, ella te quiere
Y sabes que deberías estar contento

Ella te quiere, sí, sí, sí,
Ella te quiere, sí, sí, sí,
Con un amor como ese
Sabes que deberías estar contento
Con un amor como ese
Sabes que deberías estar contento

Con un amor como ese
Sabes que deberías estar contento
Sí, sí, sí, sí...

—Las formas, Pedro, las formas.

Pedro ya sabía a qué se refería su abuela y se apartó un poco de Ana. Sus muslos se rozaban y eso no le gustaba nada a la mujer, que sabía que el hecho de compartir una biblia era una excusa como cualquier otra para estar apretados en aquel sofá.

—Yo también fui joven, ¿sabéis? Pero, chicos, guardad algo para el matrimonio... —bromeó la vieja, vestida con el riguroso luto, guiñándoles el ojo.

Demasiado que guardaba, pensaba Pedro. Catorce meses juntos y solo se habían besado a escondidas cuando otros chicos de su edad... En fin, necesitaba tener paciencia si quería a Ana y a su familia contenta. Un año y medio más y acabaría Derecho. Después, las oposiciones, claro; pero podrían casarse antes y vivir con los padres hasta que tuvieran suficiente dinero para un piso. El cerebro de Pedro se llenaba de planes de futuro para mantener a raya su deseo. Con Ana aún no habían hablado del tema, pero el chico tenía el corazón y los pantalones llenos de esperanza.

—¿Le puedes pedir más canciones? —susurró Ana.

—Esta no es la mejor, ¿no? —rio Pedro.

—¿Le puedes pedir la última que ha sonado?

—¿*Yesterday*?

—Sí.

—Claro. Las traduce para su novia.

—¿Aquella pelirroja?

—Sí, ya te la presentaré algún día. Creo que seríais buenas amigas. También le gustan mucho las letras.

—¿Está en vuestro grupo?

—No… De momento no aceptamos chicas.

—¿Por qué?

—Es demasiado peligroso.

—Eso es problema de ella.

—Y responsabilidad nuestra.

—Pero si ella quiere…

—No hablemos del tema aquí, que si se entera de… —dijo señalando a la abuela con los ojos.

—Tendría que irme a casa.

—Te acompaño.

Ambos se levantaron del sofá al mismo tiempo, como una pareja de danza. Pedro se acercó a la abuela para asegurarse de que le oyera bien:

—Ana tiene que irse. La acompaño.

—Sí, hijo, que a estas horas una muchacha sola por la calle…

—Adiós, señora Carmeta. Hasta el sábado que viene —se despidió Ana.

—Si Dios quiere.

No vivían muy lejos el uno del otro. Tenían un bonito paseo bajo el aire helado de aquel invierno. La boca soltaba vapor blanco con sus palabras. Ana intentaba calentarse las manos en los bolsillos del abrigo mientras Pedro caminaba ágil expresándose con los dedos sin guantes, como si él fuese inmune al frío:

—El miércoles tenemos una reunión importante.

—¿En la facultad?

—No. Es demasiado sospechoso. Hemos quedado en el bar del padre de Quique.

—¿Él sabe algo?

—Claro. Fue de la quinta del biberón. A lo mejor conoce a tu padre.

—No sé, él no habla nunca de la guerra...

—Vendrá un estudiante de Madrid que nos está ayudando.

—¿Cómo?

—Una movilización como la que hicieron en Madrid —le dijo al oído.

—¿Cuándo?

—Pronto...

Pedro la agarró por la cintura y se acercó para darle un beso, pero Ana le detuvo, estaban demasiado cerca de su casa.

—Aquí no.

—Si no pasa nadie...

—Si me ve una vecina...

—¿A estas horas?

—Mi madre siempre dice que sobre todo sea discreta.

—Tu madre es mucho más moderna que la mía. La mía dice: «¡Ni olerla!» —rio Pedro.

—¡Qué exagerado eres! —se echó a reír ella.

—Mujer, si incluso le habláis de tú. Mi madre, si no la trato de usted, me da una bofetada.

—¿No lo has hecho nunca?

—No me atrevo. ¿Desde cuándo les habláis de tú a tus padres?

—No sé, no lo recuerdo. Un día ella dijo que lo hiciéramos y…

—¿Os dijo por qué?

—Yo debía de tener unos once años… No sé por qué lo hizo, para sentirnos más cerca, puede…

—Muy interesante.

Pedro la volvió a abrazar.

—Pedro…

Ella lo apartó riendo.

—Vale. Ven.

Pedro cogió a Ana del brazo y la condujo a un callejón sin salida suficientemente pequeño y estrecho como para evitar transeúntes. Estaba oscureciendo y solo había una farola. En aquel lugar sin comercios y en el que solo había un par de edificios que parecían abandonados, estaban fuera de peligro. El chico acarició a Ana y le dio un beso en los labios. Ella se puso de puntillas. Él era mucho más alto. Y ni siquiera con sus tacones más largos llegaba a su rostro sin hacer equilibrios.

—Parejita… —les interrumpió una voz masculina.

—Perdón. —Pedro se separó de Ana, rápidamente, cuando vio el uniforme.

—Venga, circulen… Me han cogido generoso hoy.

—Perdón, ella tenía frío y…

—¿Frío? A ver si te pongo una multa por ofensa en la vía pública.

—No, no…, perdón.

—Pues anda, menos hablar y para casa. Rapidito.

Pedro y Ana se apresuraron en salir del callejón para subir por la calle Cartagena. El chico llevaba el enojo escrito en la frente fruncida. Caminaba tan deprisa que Ana tenía que correr para no quedarse atrás.

—¡Espera! —le pidió ella.

—¿Dónde estaba?

—Yo tampoco le había visto.

—Ni que fuésemos delincuentes...

—Pedro...

—No hacíamos nada malo.

—Ya lo sé.

—Es que estoy harto. ¿Qué se han creído esos hijos de...?

—Va, venga, que no nos estropeen más la noche.

—Perdona, tienes razón.

—¿Me llamarás el miércoles? Y me cuentas..., si puedes...

—Te llamaré cada día, Ana.

Ella sonrió y entró en el portal de su casa despidiéndose de Pedro, pero rápidamente se detuvo cuando recordó una cosa:

—Prudi siempre me escucha a escondidas cuando hablo por teléfono. A lo mejor no podré decir..., ya sabes.

—Yo siempre tengo a la abuela delante. No hay peligro —bromeó él.

—Buenas noches —se despidió ella, lanzándole un beso al viento.

Pedro saltó para cogerlo al aire con la mano y se lo puso en los labios.

5

Ana estaba poniendo la funda a su Olivetti cuando la mano fría del señor Félix la avisó de que la jornada aún no había acabado. La chica le miró inexpresiva, todo lo que era capaz. Si algo había aprendido estas dos semanas era que su jefe era muy exigente con las formas. Si sonreía demasiado: «¿Ríes?». Si fruncía las cejas: «¿Estás enfadada?». Si se tocaba el ojo: «¿Lloras?». Desde niña, su madre la advertía de que vigilara, de que sus ojos hablaban más que su boca, pero por muy prudente que fuera, él siempre le leía el rostro.

—Ya sé que es tarde, pero Vidal me pregunta si puedes ayudar al nuevo… No sé cómo se llama…

—Eduardo —respondió ella.

—Eduardo necesita una mecanógrafa. ¿Conoces a alguna?

Ana se limitó a asentir con miedo a interpretar mal el tono de aquellas palabras. Pasaban quince minutos de las ocho, pero le picaba la curiosidad. Solo la habían llamado para pedirle una falda que su madre ya estaba acabando. Pensaba que la próxima vez que pisara la redacción sería para entregar el encargo, pero por fin la necesitaban por trabajo y la novedad le hizo olvidar que aquella noche había quedado con Pedro.

—Lleva tu máquina. No tienen suficientes allí, te será útil.

Ana miró la Olivetti y se mordió el labio para reprimir su queja. Aquello pesaba unos cuatro kilos. No era el modelo más moderno, debía de llevar allí una década.

—¿Pasa algo? —preguntó él sin abandonar su sonrisa torcida.

—No.

La chica abrazó la máquina como si fuese un bebé gigante. Apenas veía delante de ella, pero respiró profundamente y empezó a caminar. El señor Félix tuvo el detalle de abrirle la puerta de la oficina, pero cuando ella se decidía a salir, él soltó un «¡venga!», acompañado de una palmada en el culo que esta vez Ana estaba segura de que no había sido ningún error. Si no le hubiese importado perder el trabajo le habría lanzado la Olivetti a los pies, pero con Isabel en el paro la economía doméstica andaba apurada para los cinco.

La rabia le dio la fuerza suficiente para llegar a la redacción pasillo arriba sin que se le cayera la máquina. Cuando Eduardo la vio llegar corrió para ayudarla. El chico puso sus brazos alrededor de la máquina que ella no se atrevía a soltar. Por unos momentos danzaban con la Olivetti hacia la mesa larga. Roberto los vio y se echó a reír:

—¿Es así como bailáis ahora los jóvenes?

—¿Por qué la has traído? —preguntó Eduardo enfadado a Ana mientras finalmente dejaban la máquina encima de la mesa, al lado de otra Olivetti más moderna—. Ya tenemos aquí; ¿con qué piensas que escribo?

—Ha sido idea del señor Félix —se defendió ella recuperando el aliento.

—Vaya memo —dijo Roberto.

—Lo esperan en la rotativa en diez minutos. ¿Dicto? ¿O te paso las notas? —preguntó Eduardo a Ana, aún molesto.

—No soy periodista, solo mecanógrafa, o sea que lo tendrás que dictar.

Eduardo se acercó al oído de Ana y le susurró:

—Soy joven como tú, pero me merezco un respeto.

—Y yo también —respondió ella con el mismo tono.

Los ojos del chico de un azul verdoso amarillento difícil de definir cambiaron la dureza de su mirada por una repentina tristeza. La voz se le rompía o puede que tuviera miedo a que alguien más le oyera, pero sus palabras dejaron a Ana helada a su lado.

—Trátame de usted como harías con los demás, por favor. Ya se ríen suficiente de mí.

Ana se sentó en la silla delante de la máquina de escribir de Eduardo, ya preparada con una cuartilla. Encima de la mesa había unas cuantas más, esparcidas. Ella colocó bien aquellos papeles amarillentos, que eran restos de las bobinas de las rotativas. En voz alta, para que llegase a todos los rincones de la redacción, dijo:

—Cuando quiera.

Eduardo mostró una tímida sonrisa y acercó una silla para sentarse a su lado. Pasó las hojas de su libreta repasando sus anotaciones y comenzó el dictado:

—Titular: Los Mustang repiten éxito con sus versiones.

—¡Los Mustang! Me encan...

—¿Escribes? —la interrumpió él, serio.

Ana asintió y tecleó rápidamente las palabras del joven periodista, mientras se preguntaba dónde había ido a parar aquel chico frágil que un minuto antes le había confesado su terror a hacer el ridículo.

—La versión de *Socorro* de Los Mustang ha superado las 130.000 copias vendidas solo en España. El grupo compuesto por los barceloneses...

Eduardo empezó a pasar hojas adelante y atrás en su libreta buscando la información que necesitaba. Ana se adelantó:

—Santi Carulla, Marco Rossi, Antonio Mercadé, Miguel Navarro y Tony Mier.

—Lo tengo todo apuntado. Tú limítate a escuchar y teclear.

—¿Escribo los nombres?

—Espera. Quiero poner qué toca cada uno. El grupo barcelonés compuesto por el cantante... —Buscaba en la libreta.

—El cantante Santi Carulla, los guitarristas Marco Rossi y Antonio Mercadé, el bajo Miguel Navarro y el batería Tony Mier.

—¿Eres una fan? —se burló él.

—Un amigo de mi novio hace la mili en Talarn con Santi y Tony. Escribo los nombres y...

—Sí.

Ana tecleó contenta y él continuó dictando:

—Sacó el EP *Socorro…* —El chico volvió a consultar su libreta.

—A principios de año —se adelantó ella.

—El grupo empezó a versionar a los Beatles con…

—*Please, please me…* —volvió a interrumpir ella.

—¡Esto no es un concurso de la radio! —se enfadó Eduardo.

—Perdón. Pensaba que tenía prisa.

—La información se tiene que contrastar —dijo él mirando sus notas. Levantó la cabeza y continuó—: con *Please, please me*, siguió con *Conocerte mejor, Nadie respondió* y *Un billete compró*. Pero con *Socorro* consolidan su liderato en las listas de ventas de nuestro país. El quinteto se dio a conocer en 1962 con versiones de otros cantantes extranjeros.

Ana le miró mordiéndose la lengua, pero sus ojos pedían a gritos la atención de Eduardo, que no pudo evitar preguntar enfadado:

—¿Qué?

—En realidad empezaron como un grupo instrumental que tocaba en el Club San Carlos. Fue al entrar Santi Carulla cuando tuvieron cantante y grabaron el primer disco en 1962, pero en la escena musical de Barcelona ya eran conocidos.

—¿La escena musical de Barcelona?

—Es lo que dicen en la radio…

—Ya veo que sabes mucho tú. Ahora a ver si sabes estar en silencio y dejar que el periodista haga su trabajo.

«Y tú no tienes ni idea», pensó Ana, pero si algo había aprendido estos días en el diario era que valía la pena callar por mucho que acabase con llagas en la lengua de tanto mordérsela. Y se limitó a obedecer:

—Continúe.

—El quinteto publicó en 1962 su primer disco con versiones de otras canciones extranjeras como *Madison twist,* de Johnny Hallyday...

Ana tecleó en silencio, pero se alegró por el cambio que había hecho Eduardo en su redacción después de su observación, impertinente según el joven periodista, pero cierta.

Eduardo dictó la palabra que ponía el punto final a la noticia, media columna que quedaría enterrada entre miles de anuncios. Ana sacó la cuartilla y se la dio con una sonrisa, pero el chico se limitó a dejar caer un «gracias», seco, mientras entregaba la tarea a su jefe.

Ana miró la Olivetti que el señor Félix le había obligado a llevar inútilmente y pensó en lanzarla pasillo abajo, pero su superior no dudaría en despedirla. Abrazó la máquina y poco a poco empezó a caminar rezando para que no se le resbalara de las manos. Cuando llegó a la puerta de la oficina oyó a Pili, que la llamaba desde recepción. Ella dijo que no con la cabeza; no era el momento de pasearse por todo el diario. La telefonista corrió hacia ella y le anunció emocionada:

—Hay un chico que pregunta por ti.

Ana casi deja caer la Olivetti al suelo.

—¡Ostras, Pedro!

Se había olvidado completamente de que aquella noche había quedado con él.

—No me habías dicho que tenías un novio tan guapo —comentó Pili.

—Dile que ahora salgo.

Ana corrió como pudo con la Olivetti hacia la oficina. Dejó la máquina, la tapó con la funda, se puso el abrigo, cogió el bolso y fue a apagar la luz tan rápido como si se hubiera declarado un incendio en el edificio, hasta que una voz la detuvo:

—Todavía quedo yo.

—Ay, perdón, Mateo. No le había visto.

—Tranquila, paso tanto tiempo aquí que es normal que se me confunda con el mobiliario.

—Buenas noches —se despidió sonriendo Ana, que se apresuró para encontrarse con Pedro.

El chico estaba sentado en el sofá de recepción. Pili lo miraba coqueta y, a pesar de la distancia entre el mostrador de las telefonistas y el rincón de espera, insistía en mantener una conversación con él:

—¿Y hace mucho que sois novios?

La presencia de Ana salvó a Pedro de tener que responder a la pregunta. No estaba seguro de cuándo habían empezado su relación: ¿con la primera carta que ella le envió cuando él estaba en Los Castillejos?, ¿en su primera cita?, ¿cuando se dieron un beso?…

—Perdona… Me han pedido que fuera a redacción y… —se excusó Ana.

—Ya lo entiendo. Estaba preocupado, pensaba que te había pasado algo, por eso he venido.

—No, solo tarea.

—Te hacen trabajar demasiado…

—Es el nuevo, que no tiene ni idea de nada…, ni de escribir a máquina —dijo Ana en voz baja.

—¿Y le dan el trabajo? —continuó él en el mismo tono de confidencia.

—Es hijo de no sé quién...

—Típico. Qué asco.

—Ya sabes como...

Ana calló cuando vio pasar a Eduardo, que se dirigía a la puerta y que con un ligero movimiento de cabeza la saludaba, serio.

—¿Vamos? —preguntó Pedro.

Ella asintió y bajaron a la calle. Ya era de noche. Los mismos hombres de sombreros y abrigos oscuros que veía cada mañana cabizbajos apresurándose para llegar al trabajo ahora andaban igual en la dirección contraria, ansiosos por resguardarse en sus casas y descansar de la dura jornada laboral. Las horas extras eran el billete para la vida moderna.

—Trabajamos como burros y... ¿para qué?

Ana miró a Pedro con incredulidad. El chico tenía la suerte de poder estudiar sin tener que trabajar. Ya lo hacía su madre por él. Y su hermano pequeño, a quien no le gustaba romperse los codos. Ella ni se había podido plantear ir a la universidad.

—Hoy ha sido un día curioso en el... —cambió de tema ella.

—La reunión de hoy ha sido un éxito —la interrumpió Pedro.

—¿Sí?

—La montaremos gorda.

—¿Cómo?

—El chico de Madrid nos ayudará.

—¿Cómo? —insistió ella.

—Un bloqueo.

Ana esperaba a que él continuara la conversación, pero en realidad ella tenía ganas de contarle cómo se había sentido ayudando a Eduardo a escribir la noticia sobre Los Mustang, porque eso era lo que había pasado. No solo había tecleado sus palabras, sino que le había dado la información que él necesitaba para redactar. Por un momento le pareció que ella también podía hacerlo. La chica sonrió al repetir el pensamiento en su mente. No había ninguna mujer que hiciera aquel trabajo. Al menos ella no conocía a ninguna. Había leído las páginas femeninas en algunas revistas, pero solo hablaban de moda, cosméticos…, nada que a ella le interesase. Cuando despertó de sus pensamientos se dio cuenta de que se había perdido todo lo que Pedro le estaba diciendo, pero no osaba admitirlo y solo dijo:

—Muy bien.

—Lo haremos la semana que viene.

Ahora le picaba la curiosidad. ¿Qué era eso tan importante que haría la semana que viene? Pero sabía la rabia que le daba a Pedro cuando descubría que ella no le estaba escuchando. Lo que más le gustaba al chico de convertirse en abogado era tener la oportunidad de hablar en público. No había nada que le gustase más que manifestar sus opiniones. Y en un país donde era imposible, solo lo podía hacer delante de sus amigos y de su novia. Ana se enamoró de sus discursos, pero por una vez le gustaría ser ella quien hiciera uno y sin dudarlo empezó:

—No es justo que en los diarios no haya mujeres periodistas. Solo encuentras alguna mujer en la sección femenina para hablar, claro, de cosas de mujeres…, pero no a todas las mujeres nos interesan esas cosas de mujeres. No sé si me explico.

—Ana…, es un trabajo peligroso.

—No creo que escribir sobre Los Mustang sea peligroso.

—Los periodistas trabajan noches y sábados, ¿eh?

—Ya lo sé.

—¿Qué mujer lo haría?

—Seguro que más de una.

—¿Y los hijos? ¿Y el marido?

—Las que no tienen hijos…

—¿Y si cuidan de sus padres?

—No lo sé —admitió Ana.

—¿Entonces?

—Solo digo que me gustaría leer algo escrito por una mujer, para variar.

—Saber escribir a máquina y saber escribir no es lo mismo.

—No soy idiota, ¿sabes?

Pedro la miró y la cogió de las manos tiernamente. Ella continuaba con el enojo en el rostro hasta que oyó sus palabras:

—Ana, no te enfades. Solo seguía el debate. Hay muchas cosas que hay que cambiar. A mí me gustaría poderte besar en medio de la calle sin tener que esconderme, poder gritar en voz alta lo que pienso, saber lo que pasa en el mundo sin censura…

—Ya lo sé —suspiró ella.

6

Julia se dirigía al Café París como cada miércoles después de salir de *El Noticiero Universal*. Hacía casi cuatro años que era fiel a su cita. Ni la lluvia ni el viento, que no cesaban desde primera hora de la mañana, la podían detener. Cerró el paraguas mientras intentaba abrir la puerta empujando con la cadera. Alguien al otro lado tiró del pomo y ella rápidamente se refugió. El interior del local siempre era cálido, sin importar el temporal exterior; la madera marrón oscuro de la barra, a juego con las mesas que los clientes, corazones solitarios, parejas, ánimas de alcohol y algún desmemoriado, ocupaban hasta la madrugada. El espejo de marco dorado que decoraba una de las paredes forrada de tela granate era opaco para preservar la intimidad. Con aquellas lámparas de pie que parecían farolas de la ciudad del Sena, ofrecía una estética romántica como el decorado de una película ambientada en la Segunda Guerra Mundial.

En quince días Julia cumpliría 45 años. Un miércoles, su día favorito de la semana desde que le conoció. Por casualidad, en aquel mismo bar. Nunca le había importado cumplir años, pero aquella cifra a la que se acercaba le daba vértigo. El tiempo no pasaba, volaba, aunque aquel mes se le había hecho eterno. Llevaba semanas que quería hablarle de un asunto serio, pero nunca encontraba el momento. Él siempre dominaba la conversación con su sentido del humor y sus palabras dulces. Aquella noche iba siendo hora de que se atreviera a decirlo. No tenía el coraje, pero debía encontrarlo porque ya no podía soportarlo más. Sus uñas empezaban a resentirse de los nervios. No tenía hambre y nunca le había sentado bien beber con el estómago vacío.

—¿Me pondría unas aceitunas? —pidió al camarero.

—Lo que la dama mande —respondió él.

—Que sean de las amargas, por favor —añadió una voz masculina detrás de ella.

Julia giró la cabeza. No le había oído entrar, pero allí estaba él. Con su abrigo desgastado y su sombrero empapado. Nunca llevaba paraguas. Ni siquiera cuando sabía que llovería todo el día. «No me gustan —decía—, prefiero el agua». Parecía un perro abandonado. Y en cierta forma, lo era. Suerte que ella lo había encontrado hacía casi cuatro años. Cuatro años, se repetía ella sin poder creer que hubiera pasado tanto tiempo.

—¿Has pedido?

—Sí, un Martini.

—Otro para mí.

Cuando el camarero se fue con la comanda, Roberto se sentó delante de Julia. Y como cada miércoles a aquella hora, sus ojos tristes sonrieron tan solo con mirarla.

—Perdona el retraso. Hoy parecía que era imposible acabar.

—En el *Noti* igual, pero yo me puedo escapar.

—¿Cómo estás? Aparte de guapa.

—Bien —sonrió ella.

—Te he traído el libro que te comenté.

—Gracias.

Y como siempre Roberto la hacía olvidarse de aquella conversación que tenía pendiente iniciar. Lo que la torturaba los días que no estaba con él. Ni siquiera hablaban por teléfono y eso que Lourdes, su mujer, la que compartía techo pero no cama con él, estaba tan enferma que pasadas las ocho caía en un sueño profundo y no podía enterarse de nada. Puede que lo hiciera por respeto. Él no era de los que engañan a sus esposas. Su relación era diferente. Aquella enfermedad la debilitaba cada día más y tenía a Lourdes prisionera en su habitación desde hacía más de cuatro años. Una muerte lenta. Pero él todavía no quería morir y necesitaba sentirse vivo. Julia sospechaba que ella debía de saber algo. Puede que le hubiera dado su bendición, pero ¿cómo podía estar segura si él nunca quería hablar del tema?

—¿Vamos? —preguntó Roberto.

Normalmente estaban una hora bebiendo en el bar, como si necesitasen el empujón del alcohol para ser capaces de irse juntos, pero parecía que aquel miércoles Roberto tenía prisa.

—De acuerdo —respondió Julia sorprendida.

Por la calle charlaban como dos colegas que compartían el camino a casa. Las anécdotas de las redacciones del

Diario de Barcelona y de *El Noticiero Universal* eran el tema de conversación para evitar miradas furtivas de los otros peatones. El azar, amargo a veces, les dejó de piedra el día que descubrieron que eran vecinos. Vivían uno enfrente del otro. No entendían cómo no se habían encontrado antes. Desde la ventana de su cocina, Julia podía ver el edificio donde no podría entrar nunca. Ella se había preguntado más de una vez, sobre todo al principio, si Lourdes los había visto juntos desde el balcón, pero sabía que hacía demasiado tiempo que la pobre mujer no se podía levantar de la cama sin ayuda. Una vez en Rocafort, mantenían las distancias para callar los posibles rumores que correrían por todo el barrio si algún conocido les viera. Ella subía sola. Y cuando el sereno daba la vuelta en Diputación, llegaba él. Siempre, cauto como era, llamaba al interfono, de los primeros que se habían instalado en la ciudad, y preguntaba por un tal Alfonso.

El piso de Julia era un largo pasillo con tres habitaciones que daban a un patio de luces y un comedor y una cocina que se abrían a la calle. Era la herencia de unos padres que se fueron demasiado pronto, cuando ella tan solo había cumplido la mayoría de edad. No había cambiado nada, ni siquiera la decoración. Los muebles, por muy anticuados que fueran, eran sus recuerdos. Entró en el *Noti* como secretaria y sus dotes de redacción la llevaron a encargarse de la sección femenina del diario. «Escribe lo que querría leer mi mujer», le dijo un día el director, y así llevaba casi ya veinte años. Moda, cosmética, hasta hubo una época en que daba consejos a las lectoras, pero nunca le había gustado meterse en la vida de los demás y suplicó poder volver a informar sin opinar.

Julia abrió la nevera, que necesitaba urgentemente que alguien la llenara y suspiró:

—No tengo mucha cosa, pero… ¿Tienes hambre?

—De ti —bromeó él detrás de ella mientras la abrazaba por la cintura.

Julia se giró y acarició su rostro, siempre cálido, por mucho frío que hiciese en aquel piso. Él le dio un beso, al que siguió otro, y otro, y otro… Pasó los dedos entre los cabellos negros y lisos que se desataban del moño lentamente hasta caer sobre los hombros de Julia. Ella miró por la ventana. Era oscuro y solo se iluminaban algunas habitaciones del edificio de enfrente; ninguna del piso de Roberto. Le cogió la mano y le condujo a su dormitorio; el del final del pasillo, lo más lejos posible de Lourdes.

La lámpara de la mesita estaba encendida, pero ella la apagó. Con el tenue resplandor que se colaba por debajo de la puerta ambos empezaron a desnudarse ordenadamente, sin prisas, colocando la ropa con cuidado sobre la silla del tocador de Julia, como un matrimonio. La rebeca, la americana, el pañuelo del cuello, la corbata, la blusa de flores, la camisa de rayas, la falda clara, los pantalones oscuros, las medias de seda, los calcetines de lana… Una vez dentro de la cama recuperaron la pasión de no poderse ver ni tocar durante toda una semana. A ella le gustaba hacer el amor con Roberto. No tenía a muchos con quien comparar sus dotes de amante. Antes que él solo había tenido un novio con quien perdió la virginidad y del que no supo nada más después. La mala experiencia la obligó a ser más prudente, pero a partir de los cuarenta decidió que era ridículo seguir con esta norma. Ya era demasiado mayor. Se le había pasado el arroz, como le decían las miradas despectivas de las vecinas. Con él había sido todo tan fácil... No planearon nada, simplemente pasó. Le gustaba cómo la agarraba con fuerza, como si no la quisiera dejar ir nunca. Los dedos de Roberto estaban ásperos de escribir a máquina, pero sus caricias eran sorprendentemente suaves; las más tiernas que había sentido en su vida. Recorría el cuerpo de Julia como el pintor que traza las primeras líneas de un retrato.

—Ahora sí que tengo hambre —dijo Roberto estirándose panza arriba.

Siempre comían después de hacer el amor. Julia le amaba. Aquello no era solo sexo, era afecto, estima por encima de todo, de toda regla y de los votos del matrimonio.

—A ver qué encuentro.

Julia se levantó y de espaldas a Roberto se puso la bata sobre su cuerpo desnudo, todavía caliente del contacto con su amante.

—Tengo sobras de ayer. ¿Te importa?

—Claro que no.

—Ensaladilla... No apetece mucho en invierno, pero...

—Perfecto.

En dirección a la cocina le pareció oír que Roberto se vestía. Era extraño. Siempre se quedaba en la cama holgazaneando, cenaban y después se estiraban abrazados hasta entrada la madrugada, aquella hora tan tardía en la noche o tan temprana en la mañana, cuando él podía cruzar la calle solitario y cambiar de techo sin el peligro de los ojos entrometidos de los vecinos. Ella se quedaba dormida y no se enteraba nunca de cuándo se iba. No podía soportar verlo salir por la puerta.

—Hoy tendré que irme antes —anunció Roberto entrando en la cocina, ya vestido y acabándose de peinar con la mano los cabellos que ella le había removido a caricias.

Julia continuó sirviendo la ensaladilla rusa en los platos sin abrir la boca y él añadió:

—A primera hora viene el médico a visitar a Lourdes y será mejor que me duche y me cambie de ropa.

¿Y tenía que venir precisamente en su día? ¿En la única jornada que ella tenía para estar con él? Julia no estaba contenta. No se atrevía a aceptar que le molestaba porque sabía que no era culpa de Roberto que el médico decidiera ir a las siete de la mañana de un jueves. Pero esta inoportuna coincidencia le dio la fuerza para iniciar aquella conversación que hacía semanas que la inquietaba.

—Lo siento —añadió él, preocupado porque ella estuviera tan callada.

Julia se sentó delante de la pequeña mesa de la cocina, donde Roberto, sin tocar el plato, esperaba a que ella dijera algo. Prefería una pelea que un mutis. Sabía que el silencio escondía las peores palabras.

—Tenemos que hablar —dijo finalmente ella.

—De lo que tú quieras.

—Quiero más…

—Julia…

—Espera, Roberto. No te voy a pedir que dejes a tu mujer.

—Ya sabes que…

—Ya lo sé, ya lo sé. Si me dejas acabar…

—Sí, sí, perdona.

—Quiero más de un día a la semana.

—De acuerdo —respondió él sin pensárselo ni un momento.

—¿Sí?

—Tendremos que ir con mucho cuidado.

—Sí, claro.

—¿Los viernes?

—Cuando te venga bien.

—Ya está, pues… Mujer, me habías asustado, con esa pose tan seria —rio él.

—Quiero formar parte de tu vida.

—Ya formas parte de mi vida, Julia.

—Más, quiero decir.

—No te entiendo.

—Ya sé que no podemos decir a nadie nada de nosotros…

—Nadie lo entendería.

—¿Y tus hijos?

—¿Mis hijos? —se extrañó él borrando la sonrisa que le había acompañado en el rostro hasta ahora.

—Quiero conocer a tus hijos.

—¿Es una broma? —volvió a reír él.

—No.

—Julia…

—Ellos saben tu situación. Hace años que tú y Lourdes no…

—Es su madre. No lo entenderán.

—Son mayores. Y jóvenes… Los jóvenes hoy en día piensan diferente.

—Lucía está a punto de irse a Washington y Mario vive en Madrid. No se lo puedo decir por teléfono.

—No es necesario que sea mañana mismo.

—Julia…

—Llevamos casi cuatro años así.

—Ya lo sé, pero no es fácil de repente explicar…

—¿Lourdes no sabe nada?

—Casi ni hablamos. Está muy enferma.

—Son tus hijos, Roberto.

—Julia…

Ella se levantó. Revolvió los cajones de la cocina hasta que encontró un paquete de tabaco LM, irónicamente las iniciales de los nombres de los hijos, Lucía y Mario.

—Venga, Julia, no nos enfademos.

Ella encendió un cigarrillo, como siempre que los nervios la traicionaban, y seria preguntó:

—¿Qué será de nosotros?

—Siempre nos quedará el París —bromeó Roberto.

Julia no le devolvió la sonrisa. Ni siquiera estaba enfadada, sino triste. Compungida porque sabía que él tenía razón. Todo quedaría en un recuerdo. No quería ser una anécdota en la memoria de Roberto, quería estar presente en su cabeza y en su cuerpo hasta el final de sus días.

—Julia... Julia... —Era lo que siempre decía cuando no sabía cómo expresar con palabras lo que le encogía el corazón. No era necesario, ella ya le entendía. No era fácil para él tampoco.

—Te amo, Roberto.

—Yo también te amo, Julia.

Se miraron por unos segundos. Los ojos color miel de Julia se llenaron de lágrimas que le borraron la imagen de Roberto, hasta que cerró los párpados y aquella agua salada resbaló por las mejillas hasta sus labios. Cuando los volvió a abrir, él estaba de pie delante de ella y la besó.

—Lo intentaré. Te prometo que lo intentaré —concluyó Roberto.

Aquel miércoles había sido diferente. Volvía a casa con un regusto amargo después de la conversación con Julia. Al salir a la calle, estaba tan preocupado por las palabras que habían intercambiado con lágrimas que ni siquiera se aseguró de estar solo. Por suerte, o por desgracia —tal vez le habría venido bien que alguien le hubiera hecho el favor de descubrir su doble vida—, nadie le vio. Buscó en los bolsillos hasta encontrar las llaves y abrió la puerta de su prisión. Caminó lentamente, intentando no hacer ruido con sus pasos, aunque aquellos zapatos viejos se empeñaban en chirriar escandalosamente.

—Roberto, ¿eres tú? —dijo una voz débil que apenas atravesaba una puerta cerrada.

—Sí, Lourdes.

«¿Quien más podía ser a aquellas horas?», pensó él.

Roberto abrió la puerta del que había sido su dormitorio desde que se casaron hacía tantos años que los tenía que contar. Lourdes yacía en la cama donde concibió a sus dos hijos y donde hacía casi una década que él no se acostaba. Ya mucho antes de que aquella enfermedad degenerativa convirtiese a su esposa en un frágil saco de huesos habían decidido dormir en habitaciones separadas. Él roncaba y ella tenía un sueño muy ligero y cada vez estaba más cansada. No sabía lo que le estaba pasando a su cuerpo.

—Hoy vuelves pronto —dijo Lourdes.

—He acabado antes.

—Tienes cara de cansado. Duerme.

—Tú también. Descansa. Recuerda que mañana viene el médico a las siete.

—Ay, sí… Me había olvidado. ¿Qué haría sin ti?

—Buenas noches, Lourdes.

—Buenas noches, Roberto.

Las palabras de su esposa nunca le habían dolido tanto. Sabía que le necesitaba, pero nunca había pensado que Julia también. Se sentía atrapado. No le gustaban las mentiras. Era periodista. La verdad por encima de todo. Ya hacía demasiado tiempo que vivía engañándose a sí mismo y a la madre de sus hijos. Y a Julia también. Sabía que nunca tendría el valor de darle el futuro que ella esperaba y que él le prometía cada miércoles con sus caricias.

7

Desde que empezó a trabajar en el *Brusi* le gustaba volver a casa cada noche con un ejemplar debajo del brazo, como veía que hacían todos sus compañeros de la redacción. Ella no era periodista, pero también le interesaba saber qué pasaba en el mundo. Sin embargo, nunca habría imaginado que aquel inocente gesto sería el inicio de una aventura.

Aquel viernes terminaba a la hora. Hacía tiempo que no tenía la suerte de acabar a tiempo toda la tarea que se le acumulaba durante la jornada. Parecía que su superior no la quisiera ver irse antes que él, pero aquel día el señor Félix tenía prisa. Se marchaba de fin de semana con su esposa y sus tres hijos, todos tan grandes como él, como había visto en la fotografía que tenía encima de su escritorio. Con sus zapatos silenciosos corría arriba y abajo de la oficina para terminar y chasqueando los dedos llamó la atención de Ana:

—Nena. Yo ya me voy. Asegúrate de dejarlo sobre mi mesa. Hasta el lunes.

Ana ya había pasado a máquina aquel informe escrito con la retorcida letra del señor Félix. Se aseguró de que salía por la puerta y miró el reloj de pared que marcaba las ocho en punto. Se levantó de la silla, colocó el papel donde su superior le había mandado y corrió hacia su abrigo para ir a casa y poder llamar a Pedro antes de que fuese la hora de cenar. Tenía muchas ganas de hablar con él y decidir qué película verían al día siguiente. Aquel sábado tocaba cine.

Con las prisas, Ana no se dio cuenta de que se olvidaba de una cosa. Pili, que ya se colocaba coqueta un pañuelo en el cuello, también para irse, le dijo:

—¿Hoy no te lo llevas?

—¿El qué? —preguntó Ana.

—¡El diario!

—¡Sí!

Pili le pasó un ejemplar de los que siempre tenía en recepción y rio:

—¿Tienes que apagar un fuego?

—No, ganas de llegar a casa.

—Sí, sí, a casa… ¡Saluda a Pedro de mi parte! —se despidió guiñándole un ojo la telefonista.

Ana bajó las escaleras y empujó con fuerza la puerta, pero esta pesaba más que ella. De repente, se abrió fácilmente y encima de su cabeza vio una mano que la ayudaba a moverla. Se giró sonriente para agradecer el gesto al ordenanza que a aquellas horas bajaba a la portería, pero para su sorpresa era Eduardo quien se encontraba detrás de ella.

—¿Sales? —preguntó él, tan seco como siempre.

—Sí, gracias —respondió ella.

—Pues, venga, que no tengo todo el día.

Ella se apresuró a salir, se colocó bien el diario debajo del brazo, le miró seria y caminó deprisa calle abajo sin despedirse del periodista. Con lo contenta que estaba, Eduardo siempre conseguía ponerla de mal humor. Abstraída en sus pensamientos no se dio cuenta de que un hombre de sombrero gris y gabardina clara hacía rato que la seguía. Llevaba un libro, debajo del brazo, como ella. Ana se detuvo un momento delante de un bar que desprendía olor a fritanga por sus ventanas mal cerradas. Se colocó bien una media que se empeñaba en arrugarse en el pie.

—¿Es el diario de hoy? —preguntó aquel hombre al que Ana aún no había visto.

Ella levantó la vista. Era mayor que ella, puede que estrenara la treintena; elegante, con una mirada que la atravesaba y una seguridad en su ademán que la hacía sentirse frágil y desconcertada. No era muy alto ni muy grande, más bien delgado, pero a su lado ella parecía una niña pequeña. Con un hilo de voz, Ana respondió:

—Sí, bueno, las noticias son de ayer…

—¿Es usted periodista?

—No —contestó ella sonriendo.

—Tenga. —El hombre le ofreció su libro—. Se lo cambio por su diario.

Ana le miró extrañada. Era una edición de *Guerra y paz*. Él continuó:

—¿No le gusta leer?

—Sí, mucho.

—Pues cójalo.

—¿Está seguro?

El hombre se acercó y bajando un poco la voz dijo:

—¿No le han explicado nada?

—¿Quién?

—¿Podemos entrar aquí un momento? —preguntó el hombre señalando el bar.

Ana escuchó las palabras sabias de su madre: «No hables nunca con desconocidos», pero la curiosidad le picaba demasiado. ¿Qué mal podía hacerle en un bar lleno de gente?, se convenció la chica mientras asentía tímidamente con la cabeza. El hombre misterioso le abrió la puerta de aquel bar repleto de peones de la obra de la esquina que acababan la jornada con una cerveza o dos. Se sentaron en una mesa rodeados de las ruidosas conversaciones de los obreros.

—¿Quieres algo?

«¿Agua?», pensó, pero rápidamente dijo:

—Un café, solo.

Normalmente no tomaba nunca café tan tarde, pero quería hacerse la interesante delante de aquel hombre que la había confundido con una periodista.

—¿Puedo ver el diario?

Ana no entendía tanto interés por un objeto que podía conseguir en cualquier quiosco, pero le dio el ejemplar del *Brusi* que Pili le había pasado en recepción. El hombre lo abrió meticulosamente, mirando las páginas, una a una, como si buscase algo escondido. Finamente, lo cerró y dobló por la mitad, con delicadeza, y se lo devolvió:

—Me parece que me he confundido. Discúlpeme. Pensaba que usted era otra persona.

—¿Quién?

—Una chica tenía que darme un diario.

—¿Pili?

—No sé el nombre.

—¿Por qué?

—Si me disculpa. Debo irme.

—Yo trabajo en el *Brusi*. A lo mejor le puedo ayudar.

—No lo creo.

—Siento que se haya confundido. Déjeme ayudarlo.

El hombre la miró sin moverse. Finalmente levantó una ceja y con aquella voz grave que se imponía entre las risas de los obreros de la mesa de al lado le preguntó:

—¿Estudia en la universidad?

—Ya me gustaría. Trabajo todo el día en el diario. Soy la taquimecanógrafa.

—Lo siento. No creo que pueda ayudarme —se despidió levantándose de la silla.

—Mi novio estudia Derecho. Y está muy metido en todo lo que es la universidad.

El hombre volvió a sentarse.

—¿Cómo se llama?

—Ana. Y puede tratarme de tú. No soy tan mayor. ¿Y usted?

—Me llaman Rick.

—¿Como en *Casablanca*? No es su nombre real, ¿verdad?

—Y puedes tutearme también —sonrió él.

Ana notaba la piel de gallina cada vez que aquel hombre iluminaba su rostro con sus dientes un poco torcidos, pero rodeados de unos labios carnosos, acariciados delicadamente por un bigote delgado y elegante que le hacía parecerse a una estrella de Hollywood. No era guapo, pero había algo en él que le hacía muy atractivo. Puede que fuese cómo hablaba o cómo acompañaba sus palabras con sus dedos o aquella mirada directa y clara. Nunca le había gustado Humphrey Bogart, pero aquel Rick la ponía un poco nerviosa. La chica no se atrevía a coger la taza del café temiendo que las manos le temblaran, pero venció la vergüenza y no dudó en preguntar:

—¿Eres periodista?

—Sí.

—¿De qué diario?

—Digamos que no se publica aquí…

—¿Dónde…?

—Ana. Cuanto menos sepamos el uno del otro, mejor. ¿Tu novio es de algún grupo…, ya sabes, en la universidad? —interrumpió él.

La chica pensó un momento. Todo aquel misterio era muy excitante en su aburrida vida de secretaria del jefe más soso de Barcelona, pero no quería poner en peligro a Pedro. Valía la pena tener un poco de prudencia.

—¿Qué quieres saber exactamente?

—En mi diario no hay censura. Y estoy siguiendo todos los acontecimientos de los últimos días en la universidad. En Madrid, aquí... No sé si sabes de qué estoy hablando.

—Sí.

—¿Podría hablar con tu novio?

—¿Para escribir un artículo?

—Exacto. Necesito un estudiante que me pueda facilitar cierta información, digamos...

—Secreta...

—Eres una chica lista, Ana.

—Tendré que hablar con él.

—Me parece justo.

—¿Cómo te localizo, Rick? —No pudo resistirse a pronunciar su nombre.

—Ya lo haré yo.

—Le llamaré esta noche, pero no se lo podré preguntar hasta mañana por la tarde.

—El lunes te encontraré.

—De acuerdo.

—Puede que al final no me haya equivocado de persona —sonrió él.

Ana le devolvió el gesto coqueta.

—Eso sí, a él le tendrás que decir para quién trabajas o no abrirá la boca.

—Claro, Ana.

Su nombre nunca le había sonado tan bonito. Ana observó cómo Rick se levantaba, se ponía el sombrero y se acercaba a la barra del bar, donde pagó la cuenta. Ella aún no se acababa de creer aquel encuentro. No sabía si le atraía él o el misterio que le rodeaba. ¿Sería uno de aquellos hombres que te hacen perder la cabeza, como decía su hermana? Liz conocía uno cada tres meses, pero ella no se dejaba fascinar por estos tipos. No quería cometer los mismos errores que Isabel. Al darse cuenta de que los obreros empezaban a mirar a aquella chica sola en una mesa con cara de pez fuera del agua, decidió irse a casa. Cuando salió a la calle giró la cabeza a ambos lados con la esperanza de ver cómo se alejaba Rick, pero ya no había ni rastro de él.

Ana revolvía distraída el bolso. No encontraba las llaves. Tenía la cabeza aún en la conversación con Rick. Los dedos cogieron el llavero, pero al sacarlo se le cayó al suelo. Era ya demasiado tarde para llamar a Pedro y se sentía culpable. Paquita, siempre con el oído puesto en el rellano, abrió la puerta:

—Es un pedazo de hombre, ¿eh?

Las mejillas de la chica se enrojecieron de repente. ¿Cómo lo sabía la vecina? ¿Les había visto en aquel bar?

—¿Quién? —preguntó Ana prudente.

—El nuevo novio que ha traído tu hermana.

—¿Quién? —repitió Ana, pero esta vez realmente sin saber de qué hablaba aquella cotilla.

—¿Eudaldo, se llama?

—¿Eduardo?

—No, no, tiene un nombre así como de noble. Eudaldo. Ya se le ve que es de clase alta.

—No sé de quién habla, Paquita.

—Ve, ve, que le conocerás. No le he oído irse.

Aquella mujer tenía vocación de periodista. Daba las noticias antes que nadie. Ana entró en casa intrigada. Aunque solo con pronunciar el nombre de Eduardo, ya se había puesto de mal humor. Qué día más extraño, pensó. Había pasado del menosprecio del auxiliar al encuentro con el enigmático Rick.

—Ana, Ana, ¡tienes que conocer a Eudaldo! Es tan guapo... —exclamó excitada la pequeña Prudi, bajando la voz en la segunda frase.

Ana dejó el abrigo en el recibidor y siguió por el pasillo a su hermana, que corría hacia el comedor. El padre estaba sentado en su butaca y la madre, de pie con una jarra de agua en las manos:

—¿No quieres nada más?

—No, gracias. Solo tenía un poco de sed —contestó Eudaldo con educación.

El chico y Liz estaban sentados juntos en la otra butaca, con las manos enlazadas como dos pajaritos que comparten la misma rama. No solo el nombre era parecido, también tenía un cierto aire a Eduardo; los mismos cabellos cuidadosamente peinados con la gomina, los zapatos lustrados y unas facciones agradables, que en el caso del joven periodista se afeaban siempre que se dirigía a ella. No era para nada el tipo de Liz. Normalmente eran mayores que ella o iban peor vestidos. Aquel chico era casi demasiado perfecto para su hermana. Y la semejanza con la persona a la que más odiaba del *Brusi* aún le hacía sospechar más de aquel caballero andante que había aparecido de repente para salvar a Liz en uno de sus peores momentos, sin trabajo y sin novio.

—Esta es mi hermana Ana —la presentó Liz.

—Encantado —saludó mientras se levantaba para darle la mano.

—Hola —correspondió ella, un poco seca, devolviéndole el apretón.

—Llegas justo a tiempo. Estaba a punto de irse —anunció su hermana, con una voz inocente de chica enamorada que Ana aún no le había oído nunca. Ni siquiera con el primer amor, aquel que le había roto el corazón cuando decidió irse a trabajar a Valencia.

—La próxima vez te quedas a cenar —invitó la madre.

—Con mucho gusto.

—Te acompaño a la puerta —se ofreció coqueta Liz, levantándose.

—Señor —se despidió Eudaldo del padre.

—Me puedes llamar Jaime, hombre.

Ana se sentó en la butaca que había quedado vacía y cogió uno de los libros que el padre tenía en la mesa pequeña que separaba los dos asientos. Sonrió al ver otro clásico en casa: *La isla del tesoro*. Jaime era un sentimental. Ella lo leyó por primera vez el día de su sexto cumpleaños. Ahora él los releía cuando tenía un rato antes o después de cenar.

—Prudi, ¿me ayudas con la cena? —preguntó la madre.

—¿Qué hay?

—¿Por qué preguntas si sabes que no te va a gustar?

—¿Lentejas?

—No, coliflor.

—Mamá…

—No he visto niña que odie más las verduras.

La puerta del piso se cerró y se oyeron los tacones de aguja de Liz que se apresuraban por el pasillo. La chica casi se cae de las prisas.

—¡Mamá, mamá! —volvió excitada Liz.

—Hija, que te vas a caer. Ponte ya las zapatillas.

—¿No es perfecto?

—Nadie es perfecto, hija.

—Ay, mamá, no me chafes la guitarra.

—Habla bien, Isabel.

—¿No te gusta?

—Tengo que reconocer que tiene buenas maneras, pero, hija, ¿cuántas veces te he dicho que no corras, que tengas paciencia, que le conozcas más antes de caer como una boba?…, que luego vienen las decepciones.

—Pero él es tan amable, tan…

—Solo digo que seas prudente.

—¿Tú qué piensas, papá?

—Haz caso a tu madre, ella sabe de estas cosas.

—¿Y tú, Ana?

—Le he visto solo un minuto, Liz.

—Ay, que sosos que sois.

—¡A mí me gusta mucho! —exclamó Prudi, desde la cocina.

—Es guapo, ¿verdad?

—¡Mucho! —gritaba la niña desde la otra habitación.

—Y sus padres tienen una fábrica.

—Invítalo a cenar la semana que viene. Así le conocemos mejor todos —propuso la madre.

—¡Gracias, mamá! ¡Gracias!

—Ya me dirás qué le gusta comer.

—No importa. Es tan educado...

—Hija, pero alguna preferencia tendrá.

—Eudaldo es diferente, mamá. Lo presiento. Con él me veo ya casada, en una casa maravillosa...

—Bueno, dejemos el cuento de la lechera para más adelante...

—No se parece en nada a los otros. Eso es buena señal, ¿no?

La madre se echó a reír:

—Sí, hija. Al menos no se parece a los otros.

—Me hace tan feliz... Esta semana ha sido como de cuento de hadas.

—Y me gusta verte contenta, pero ojo que no aparezca el lobo...

—Que sí, mamá...

Ana no acababa de entender esa obsesión de Liz por casarse. Las vecinas siempre le decían que era tan guapa que seguro que encontraría un buen partido y podría dejar de trabajar para formar una bonita familia. Y su hermana se lo había creído. Era lo que tocaba. Ella no tenía ninguna prisa en pasar por el altar. Puede que por esa razón aún no hubieran hablado de boda Pedro y ella, aunque ya hiciera más de un año y medio que eran novios. Isabel, en cambio, en solo una semana ya soñaba con vestirse de blanco.

8

El suelo mojado le había estropeado los zapatos. Eran nuevos. Se los había regalado Julia por su cumpleaños. Roberto dudó en aceptarlos, pero no quiso herir sus sentimientos. Fue una de las mentiras que más le costó elaborar. Su mujer nunca creería que él fuese capaz de ir a una tienda solo a comprarse nada que no fuera un libro o tabaco. Usó el comodín del trabajo. Un obsequio para el director... No le iban bien y coincidió que era su número... Aún no entendía cómo Lourdes le había creído. La buena voluntad de su esposa. No había más explicación.

Con los pies en el charco, le vio. Ahí, como cada noche, iluminado por la luz de la farola con su pipa en la mano. Pocas veces la acercaba a la boca. Roberto tampoco tenía ninguna simpatía por John, pero por razones diferentes a las de aquel policía de incógnito que vigilaba siempre la puerta del edificio donde vivía el americano con Lucía. Como periodista no entendía por qué aquel hombre era tan poco discreto si no quería mostrar su presencia oficialmente con su uniforme, salvo que fuese esa precisamente su táctica para asustarlos. Siempre que se lo encontraba le entraban ganas de saludarlo y aquel día lo hizo. No sabía muy bien por qué. Puede que por los nervios, por el miedo a que detuviera a su hija o por la curiosidad nata de su profesión.

—¿Fuego? —preguntó mostrando un cigarrillo.

El hombre no respondió. Después de unos segundos, metió la mano en el bolsillo de su abrigo y sacó una caja de cerillas.

—Tenga. Toda suya. Solo queda un par —ofreció él con una voz amable y un poco demasiado aguda que sorprendió las expectativas más siniestras del periodista.

—¿Nos conocemos? —se atrevió Roberto.

—No —negó él rotundo.

—Me debo de confundir, pues.

—Seguramente.

—¿Vive en el barrio?

—No.

—Diría que le he visto antes por aquí.

—Lo dudo.

Aquel hombre sabía más que Lepe. Roberto no creía que pudiera sacarle nada. Encendió el cigarrillo con una de las cerillas que le había dado. Entonces se fijó en la cajita que anunciaba un famoso *meublé* del Barrio Chino. Aquella información le delataba aún más como policía. ¿Lo había hecho expresamente? Si el periodista se había fijado en él todas las veces que había venido a visitar a su hija en los últimos meses, el agente también le habría visto a él.

—Buenas noches —se despidió con una calada.

—Buenas noches —respondió el hombre.

Roberto apagó el cigarrillo con la suela del zapato sobre el suelo mojado y se apresuró hacia el edificio donde le esperaba Lucía. El hombre continuó allá, derecho, al lado de la farola, sin mover ni una ceja. El periodista tuvo un mal presentimiento. Subió rápidamente las escaleras estrechas de aquel modesto inmueble de Gracia. Sin aliento, llamó a la puerta con el puño.

—¿Qué pasa? —preguntó sorprendida su hija.

—Cierra, cierra.

Roberto entró en aquel diminuto estudio de una habitación, donde podía reconocer el toque de Lucía. Pañuelos de colores brillantes hacían de cortina para separar el comedor del dormitorio. Era la única decoración que quedaba. Las paredes y las estanterías estaban desnudas. John ya se había llevado sus libros y las portadas de los dos discos, *The times they are a-changin'*, de Bob Dylan, y *The Rolling Stones*, que antes colgaban encima de la cama.

—Papá, ¿qué pasa?

—Tienes que irte ahora mismo.

—Estoy acabando…

—No hay tiempo que perder —le interrumpió él nervioso.

—Pero ¿qué pasa?

—El policía…

—Sí, está ahí todas las noches.

—Sí, sí, pero hoy es diferente.

—¿Por qué es diferente?

—He hablado con él.

—¿Qué? ¿Qué le has dicho?

—Nada.

—¿Qué le has dicho?

—Nada, conversación trivial.

—¿Entonces?

—Me ha dado mala espina.

—Papá, John ya se ha ido.

—Entonces te vigilan a ti.

—Ellos no saben que John se ha ido.

—¿Cómo puedes estar segura?

—Porque ayer preguntaron por él.

—¿Ayer?

—Sí, el hombre que está al lado de la farola me preguntó por él.

—¿Y qué quería?

—Hablar con él.

—¿Qué te dijo exactamente?

—Si estaba en casa, si...

—¿Cuáles fueron sus palabras?

—Señorita, ¿sabe usted si John Wylie está en casa?

—¿Y qué respondiste?

—No.

—¿Que no estaba en casa o que no lo sabías?

—Es la pregunta que me hizo el policía.

—¿Y qué dijiste?

—Que no lo sabía.

—Bien. ¿Y ya está?

—No.

—¿Qué más?

—Si había visto alguna vez a este hombre. Y me mostró una foto de John, aunque no se le veía muy bien.

—¿Y qué dijiste?

—Que sí.

—¿Que sí? ¿Dijiste que sí? —exclamó Roberto.

—Hombre, papá, no podía mentir. Saben que vive aquí y saben que yo entro y salgo cada día de este edificio.

—Pero Lucía…

—Dije: «Sí, vive en el edificio».

—Buena jugada.

—Papá, no te preocupes. Yo no he hecho nada y no me relacionan con él para nada. No nos han visto nunca juntos y los vecinos aquí son muy discretos.

—¿Cómo llevas las maletas?

—Ya estoy acabando. Solo me llevo una.

—¿Cuándo sale el tren?

—A las siete de la mañana.

—¿Y el policía está a esas horas?

—A veces hay otro más joven.

—¿Y si te ve con la maleta?

—Saldré sin maleta.

—¿Y la maleta?

—Te la llevarás tú cuando te vayas y la pasaré a buscar por casa antes de ir a la estación.

Roberto miró a su hija, orgulloso de aquella mujer fuerte y lista que se alejaba de la imagen de la chica inocente y delicada que él tenía en su cabeza. Lucía, la niña de sus ojos, volaba del nido y muy alto, con las alas desplegadas y con un control envidiable.

—¿Te viene bien?

—Sí, claro. Lo que necesites.

—Gracias, padre.

De repente, ya no era papá. Aquel «padre» era la última señal de que Lucía ya no era Lucy, como él la llamaba desde que nació. Se hacían mayores, y él, también. Mario, en Madrid, y ahora ella, en Washington. Se quedaba solo, con una mujer prisionera en una cama. Y entonces pensó en Julia.

—¿Me ayudas a cerrar la maleta? —pidió Lucía.

—Hay una cosa que te quiero comentar antes de que te vayas.

—¿Pasa algo?

—No.

—Si es sobre mamá…

—Es sobre mí.

—¿Qué te pasa?

—Lucía, siéntate.

—No me asustes, papá. —El miedo la convertía otra vez en hija.

—No hay motivo para asustarse.

—Entonces, ¿qué?

—Lucy, cariño, déjame pensar unos segundos… No es fácil para mí.

La chica empezó a mover el pie nerviosa, sentada encima de la maleta que cerraba con dificultad. Miraba a su padre impaciente, quería saber de qué se trataba, pero también tenía prisa por acabar la conversación y poder terminar los preparativos antes del largo viaje.

—Lucía, desde hace un tiempo me veo con una mujer.

—¿Quién? ¿Cuánto tiempo?

—Es una amiga. No la conoces… y ya hace tiempo.

—¿Cómo se llama? ¿Lo sabe mamá?

—Eso no importa.

—¿No importa que lo sepa mamá? Aún estáis casados…

—No importa su nombre. Y tu madre y yo ya hace mucho tiempo que no hacemos vida de matrimonio…

—Hombre, papá, está enferma.

—Incluso antes, pero conocí a Julia cuando a tu madre ya le habían diagnosticado…

—Julia… Sí que tiene nombre.

—Sí, Julia.

—¿Y por qué no se lo dijiste entonces?

—No me atreví.

—¿Y ahora sí?

—Aún no.

—Entonces ¿por qué me lo cuentas?

—Porque Julia es parte de mi vida. Y me gustaría que algún día la pudieras conocer.

—De acuerdo.

—¿Sí?

—Si ella es importante para ti…

—Gracias, Lucy.

—¿Y mamá?

—Tarde o temprano se lo tendré que decir.

—¿Cuándo?

—No lo sé.

—Papá, entiendo que tengas tus… necesidades y no te juzgo, de verdad, pero ¿por qué se lo quieres decir ahora a mamá?

—No quiero mentir más.

—¿Dejarás a mamá?

—No sé aún qué haré.

—Papá, mamá no puede vivir sola.

—¿No defiendes tú tanto el amor libre?

—Eso no tiene nada que ver con esto.

—¿No puedes entender que yo quiera vivir?

—¿Con otra?

—Sí, con alguien de quien estoy enamorado. Pensaba que tú lo podrías entender. Eres joven, no crees en el matrimonio…

—Sí, pero no puedes abandonar a mamá. Está enferma.

—¿Y tú y Mario, qué? Él en Madrid, tú en Washington…

—¿Quieres que me quede aquí? ¿Es por eso que me lo cuentas?

—No.

—¿Entonces?

—Yo también quiero ser feliz.

—¿Y quién la cuidará?

—Ya buscaremos una solución.

—Pero ¿por qué no puede continuar todo como hasta ahora?

—Llevamos así casi cuatro años. No es justo para nadie. Ni para Julia, ni para tu madre.

La chica le lanzó una mirada triste. Roberto no sabía cómo consolarla.

—Lucy, no te vayas así…

—¿Me ayudas a cerrar la maleta? —preguntó Lucía mientras las lágrimas se le escapaban de los ojos.

La pena disfrazada de silencio se apoderó de los dos. Se peleaban con aquella maleta para que se apiadase de ellos. Con toda su rabia, Roberto dio un golpe fuerte y finalmente la cerró con llave. Miró a su hija y comenzó su adiós.

—¿Cuándo coges el avión?

—En cuanto llegue a París.

—Llama siempre que puedas.

—Sí, papá, no sufras.

—No pidas imposibles…

—Papá, no estoy sola. John me espera.

—¿Tienes la dirección?

—Muy bien guardada —contestó poniéndose la mano en el pecho.

—Llevas la falda de Ana.

—¿De quién?

—La chica del diario que hizo la falda por ti, para tu pasaporte.

—Ah, sí, es muy cómoda.

—Te espera un largo viaje.

—Ay…

—¿Qué pasa?

—Con tantas cosas en la cabeza me olvidé de enviarle una nota de agradecimiento.

—Ya lo haré yo.

—Gracias.

—¿Puedo hacer algo más por ti antes de irme?

—Papá, cuida de mamá.

—No la abandonaré, Lucía. No es eso lo que quiero hacer. Puedes confiar en mí. Lo sabes, ¿verdad?

—Lo sé.

—Ahora intenta dormir un poco.

Roberto cogió la maleta de su hija. Aquella sería la última vez que la vería. Sabía que cuando Lucía pusiese los pies en Estados Unidos no osaría volver nunca a casa. Allí sería libre, como ella quería.

—Pasaré muy pronto, antes de las seis.

—La dejaré en el recibidor.

—No haré ruido.

—No te preocupes.

—Papá…

Lucía no continuó la frase, pero sus ojos llorosos lo decían todo. Él la abrazó muy fuerte. Le acarició el cabello para poder recordar siempre su tacto sedoso, su olor a limpio, como cuando era un bebé. Siempre sentía aquella calidez en el corazón cuando la tenía entre sus brazos. No quería dejarla ir por nada del mundo, pero los hijos vuelan y ella lo hacía muy lejos.

—Escribe, llama, no nos olvides.

—Nunca, papá.

Cuando salió se sentía tan vacío como aquella diminuta plaza de Gracia. Ahí al lado de la farola estaba aquel hombre vigilando el edificio. Para su sorpresa, el policía le saludó con la cabeza. Roberto le devolvió el gesto y se apresuró calle abajo. Aquella noche no podría dormir. Haría guardia con la maleta en el recibidor de casa para asegurarse de que Lucía había podido dejar el piso de John sin problemas. Puede que así volviese a abrazar a su hija una última vez.

9

Ana se puso tan rápido el abrigo que no se percató de que se había saltado un botón al atárselo y le quedaba torcido. Por suerte, Pili la alertó con un simple gesto y ella pudo corregir el error antes de que Eduardo la encontrase en recepción. Estaba tan nerviosa que tuvo que comprobar dos veces que llevaba una libreta y un bolígrafo. El chico traía como siempre su cara seria. Seguramente le había costado mucho tomar la decisión, pero no tenía más remedio si quería publicar la entrevista al día siguiente. Necesitaba a alguien para apuntar todas las respuestas y pasarlas a máquina rápidamente antes del cierre, pero no le hacía ninguna gracia que la única persona del diario que pudiera ayudarlo fuera Ana.

—¿Vamos? —preguntó Eduardo al pasar a su lado.

Ana corrió tras él para no hacerle aguantar demasiado rato la puerta. Una vez en la calle, él se detuvo para ponerse el sombrero. Ella encontró que era demasiado anticuado para un chico de su edad, pero eso no le interesaba. Estaba exultante de felicidad. La chica sonrió y no pudo resistirse a cantar:

—*Sin tus cartas...*

—¿Qué dices?

—¿No la has escuchado?

—Esta y todas. ¿Cómo quieres que haga la entrevista?

Eduardo empezó a caminar veloz como si tuviera miedo a perder el tren. Su paso era demasiado rápido para ella y sus tacones de aguja, que no estaban hechos para carreras en los adoquines mojados de la calle Muntaner.

—¿Llegamos tarde? —preguntó Ana intentando atraparle sin resbalar.

—No. ¿Por qué?

—¿Podemos caminar a paso normal?

—¿Normal para quién?

—¿Para una persona?

El chico continuaba sin aminorar la marcha.

—Al menos ¿me podrías decir dónde vamos?

—Al San Carlos. ¿Te doy la dirección?

—No es necesario. Ya he ido muchas veces.

Eduardo se detuvo y la miró como el padre que riñe a su hija pequeña:

—Mira, a mí esto me hace tanta gracia como a ti.

—A mí me hace mucha ilusión.

—¿Eres fan de Los Sírex también?

—Me hace ilusión poder estar en una entrevista —le interrumpió ella seria.

—Pero calladita, por favor.

—Haré mi trabajo.

—Taquígrafa.

—Ya sé cuál es mi trabajo.

Eduardo no abrió la boca, pero parecía que sus pies habían captado el mensaje porque se movían a un paso mucho más tranquilo. Ana no entendía por qué él continuaba siendo tan antipático. No estaban en la redacción donde pretendía hacerse respetar delante de los periodistas mayores y con más experiencia que él. Allí en la calle no tenía que demostrar nada a nadie. La chica se fijó que él se frotaba la frente con los dedos, de vez en cuando. Puede que fuese un tic nervioso. Puede que tuviese miedo a hacer el ridículo. A lo mejor era su primera entrevista. O puede simplemente que tuviera alergia. De repente, Eduardo silbó con la ayuda de los dedos, levantó el brazo y un taxi se detuvo. El chico abrió la puerta del coche y con una exagerada reverencia cargada de mala leche indicó a Ana que entrara. Ella se metió y se sentó, pero él le indicó con la mano que se desplazara hasta el asiento del fondo. No era fácil deslizarse por aquella piel agrietada sin engancharse el abrigo, pero lo consiguió. Él, con la impaciencia que arrugaba la nariz, se colocó rápidamente a su lado, dio las indicaciones pertinentes al taxista y no se dirigió a ella en ningún momento.

Durante el trayecto, cada uno miraba por su ventanilla sin decir nada, como si fueran dos desconocidos que intentaban evitar al máximo el contacto. Era la primera vez que Ana subía en un taxi y no pudo evitar sonreír mientras veía pasar las calles de Barcelona por delante de sus ojos. De hecho, podía contar con los dedos de una mano cuántas veces había viajado en coche. Siempre en el Dos Caballos de Francisco, el hijo mayor de los vecinos con más recursos de la escalera, cuando su padre caía enfermo, que era frecuente. Maldito corazón; tan grande y al mismo tiempo tan débil. El tranvía y el autobús eran sus medios de transporte habituales. La alegría del momento la animó a hablar con Eduardo:

—¿Sabes por qué se llaman Los Sírex?

—Estudié griego. Sírex significa «fuerte y poderoso». Muy modesto por su parte —ironizó él, con la vista aún en su ventanilla.

—Pero ellos dicen que no escogieron el nombre por eso —insistió ella.

—¿Otro amigo tuyo hace la mili con uno de ellos? —Esta vez la miró burlón.

—No. Lo oí en una entrevista en la radio donde Guillermo, el bajista, explicaba que trabaja o trabajaba, ahora no sé…, en la fábrica de gafas de su padre. Y un día vio un sobre con la palabra Sírex. Se ve que Sírex es el hilo que sirve para sujetar los vidrios a la montura de las gafas.

—Muy interesante… —se limitó a decir él.

El taxi paró en Mayor de Gracia, justo delante del San Carlos. Un trueno les dio el disparo de salida. Ana y Eduardo corrieron a entrar al club antes de que les atrapara la lluvia. A aquella hora de la tarde de un lunes el local estaba casi vacío. Demasiado tarde para el almuerzo, no quedaba nadie en las mesas. Y al otro lado del pasillo, solo había un camarero detrás de la barra que la limpiaba. Pasaron a la sala del fondo. Dos chicos estaban sentados en el suelo, en el pequeño escenario, uno tenía una guitarra y el otro, un bajo, y un tercero los escuchaba siguiendo el ritmo con el pie. Ana los reconoció, eran Pepe Fontseré, Guillermo Rodríguez y Antonio Miquel Cerveró, alias Lesli, el cantante de Los Sírex.

—Si yo tuviera una escoba… Si yo tuviera una escoba… —cantó Guillermo.

—Cuántas cosas barrería… —continuó Leslie.

—¿A que sí? —preguntó entusiasmado Guillermo.

—Uf, no sé… —respondió el cantante.

—A ver qué dice Manolo —concluyó Pepe.

El músico dejó la guitarra en el suelo, se levantó y vio a Ana y a Eduardo, que miraban a los tres chicos sin atreverse a interrumpir lo que parecía la creación de una canción. Curioso, les preguntó:

—¿Y vosotros qué decís?

Eduardo y Ana se miraron. Finalmente la chica respondió:

—A mí me gusta.

—¿Ves? Las chicas guapas siempre tienen razón —le dijo Guillermo a Leslie.

Ana sonrió tímida y Eduardo aprovechó para presentarse:

—Hola, soy Eduardo Martí. Redactor del *Diario de Barcelona*.

—¿Y esta encantadora dama? —preguntó Pepe.

—Ana, la taquígrafa.

—Un placer —respondieron los tres chicos casi al unísono como si su compenetración musical se extendiera incluso a sus palabras fuera de los escenarios.

—¿Empezamos? —preguntó Eduardo.

—Cuando queráis. Tendréis que disculpar a Manolo y a Luis, que no podían venir tan temprano —explicó Pepe.

—No hay problema.

Los Sírex, el periodista y la taquígrafa se sentaron en la tarima. Justo al lado había otra barra de bar, donde un viejo tomaba un carajillo. La sala era diminuta y Ana no podía creer que se pudiese llenar de tanta gente durante los conciertos. Más de una vez había notado la sensación claustrofóbica de estar cuerpo con cuerpo con los otros fans que bailaban tan cerca del escenario que los músicos casi no podían moverse para tocar.

—Este año habéis anunciado muchas novedades, un disco para la primavera, otro para finales de año… ¿Seguirán siendo temas propios o incluís versiones?

Ana apuntaba todo lo que decía tanto el periodista como los entrevistados. El reportero en prácticas hacía las preguntas de rigor y Los Sírex respondían ordenadamente como el alumno que recita la lección aprendida. Debían de tener todos la misma edad, puede que alguno fuese más joven que otro, pero Eduardo, con su pose seria, su gomina y la corbata parecía diez años mayor. Ellos no vestían el conjunto de pantalón y chaqueta *beat* que lucían en sus actuaciones. Llevaban las cazadoras de cuero negro de sus inicios de roqueros, antes de que empezaran a salir por televisión, lo que les exigía más elegancia y discreción estética.

—¿Algún otro tema de los Beatles? —Eduardo continuaba sus preguntas.

—Para mí los Beatles son cuatro monjas de clausura —soltó Leslie.

—Pero habéis versionado *Please, please me* —insistió el periodista.

—Son encargos que te ves obligado a hacer para tener contenta a la discográfica. Como la canción que acabáis de escuchar. *La escoba,* se llama. Es del maestro Laredo, pero la discográfica quiere que hagamos unos arreglos y la incluyamos en nuestro próximo disco. Le daremos un aire más moderno a la música, estamos cambiando un poco la letra y... —aclaró Guillermo.

—¡Y a ver qué sale! —interrumpió riendo el cantante.

—Los Beatles son los Beatles, pero no es lo nuestro —añadió Pepe.

—A nosotros nos va el *rock and roll.* Nuestras raíces son Vince Taylor, Jerry Lee Lewis, Chuck Berry... Dejemos los Beatles para Los Mustang —dijo Leslie.

Eduardo clavó la vista en su libreta. Pasaba las hojas arriba y abajo, pero no decía nada. Miró un momento a los tres chicos, que esperaban más preguntas y se frotó la frente nervioso. El silencio era una melodía muda y monótona que comenzaba a ser incómoda para el periodista, los entrevistados, la taquígrafa y el viejo que aún continuaba en la barra del bar con su segundo carajillo. Ana se aclaró la voz y no dudó en preguntar:

—¿Hay competencia entre los grupos españoles? ¿Cómo es vuestra relación con Santi Carulla desde que dejó Los Sírex para unirse a Los Mustang?

—¡Fatal! ¡Mira con quién hemos acabado! —rio Guillermo señalando a Leslie.

—Es broma, estamos encantados con «el Anchoveta». La primera vez que le vi cantar dije: «¡Este es un pieza que lo reventará todo!» —añadió Pepe.

—Las chicas son fans de Los Mustang porque Santi Carulla es muy guapo y los hombres son fans de Los Sírex porque somos más roqueros. Sería muy triste el mundo de la música sin rivalidad. ¿A ti quién te gusta más? —preguntó Leslie.

—¿Todos…? —Dudó ella.

Los tres rieron y el ambiente más jovial ayudó a Eduardo a acabar la entrevista:

—Por último. ¿Dónde podemos ver actuar a Los Sírex esta temporada?

—Tenemos muchos bolos —respondió Leslie.

—Luego te paso un listado, si te sirve —añadió Guillermo.

—Muchas gracias. Creo que ya tengo material suficiente —concluyó el periodista.

—A vosotros —se despidieron los chicos.

Los Sírex se levantaron de la tarima y fueron a saludar al viejo de la barra, un habitual del local. Hacía horas que no levantaba el culo de aquel taburete. Eduardo y Ana se pusieron el abrigo y se apresuraron para irse. Ya no llovía, pero había caído una tormenta mientras estaban dentro del San Carlos. Eduardo se acercó al borde de la acera para buscar un taxi. Ella se colocó a su lado. Él, enfadado, sin quitar los ojos de los coches que pasaban, sentenció:

—No lo vuelvas a hacer nunca más.

—Solo quería ayudar —respondió ella.

—No necesito tu ayuda. He estudiado tres años de Periodismo.

—Te habías quedado en blanco y…

—No me había quedado en blanco. Estaba pensando, solo pen… —De repente, Eduardo se interrumpió a sí mismo. Cogió a Ana en brazos y la apartó del bordillo cuando un coche pasaba demasiado rápido y demasiado cerca de la chica, justo a tiempo de salvarla de un fuerte golpe. El imprudente conductor les salpicó con la piscina de agua de barro que cubría una alcantarilla embozada. Ella le miró a los ojos asustada. No entendía muy bien qué había pasado. No había tenido tiempo ni de ver al vehículo que se acercaba. La mirada del chico se ablandó. Su cara parecía la de otro cuando no estaba de mal humor. Su expresión era incluso tierna. Él tardó unos segundos antes de devolverla al suelo, poco a poco, sin dejar de abrazarla. Ella, abrumada por el susto, se tocó las mejillas, congeladas por el viento frío y el miedo, y dijo:

—Gracias.

Él continuaba mirándola y por unos segundos ella creyó distinguir una cierta estima en sus ojos de color indescifrable, aquella tonalidad que la intrigaba tanto como su cambiante personalidad, era azul, era verde, era amarillo…, era duro, era blando, era neutro…, pero, de repente, él desvió la vista hacia su abrigo. Palpó su espalda y su dulzura volvió a desaparecer:

—¡Mierda! ¡Se ha manchado todo de barro!

—¡Ostras…!

—¿Ostras? ¿Eso es todo lo que tienes que decir?

—Lo siento.

—¡Casi se te llevan por delante!

—No ha sido culpa mía...

—No puedes acercarte tanto a los coches.

—Yo estaba en la acera, ha sido el coche que...

—¡Mierda!

Él movía la cabeza en negación mientras sacudía inútilmente el abrigo. Ana se acercó a él y tocó la mancha de barro que tanto molestaba al chico. Prudente, preguntó:

—¿Quieres que te ayude a limpiarla?

—¡Déjalo! —Eduardo le apartó la mano del abrigo.

Ella se quedó mirándole asombrada, aún con el corazón acelerado después del susto. Y haciendo un gran esfuerzo para controlar las lágrimas le preguntó:

—¿Te lo llevo a la tintorería? Hay una a dos calles del *Brusi.*

El chico dudó por unos segundos, pero se limitó a decir:

—Tenemos que cerrar la noticia en menos de una hora. ¿Vienes?

Ana tenía ganas de darle un bofetón, pero la ilusión de ver publicada la entrevista al día siguiente podía mucho más que su rabia. Pasarla a máquina bajo la dirección de Eduardo no sería agradable, pero prefería soportar su mal genio que escribir las largas y aburridas cartas que el señor Félix le dictaba con su voz tediosa.

El viaje de vuelta en taxi parecía un entierro. El silencio solo lo rompía Eduardo con suspiros de rabia cada vez que tocaba la mancha de su abrigo. Ana le siguió escaleras arriba, pasillo abajo, hasta la redacción. Se sentó delante de la única máquina de escribir que quedaba libre encima de la mesa larga y siguió todas sus indicaciones sin decir nada hasta poner el punto final. Habían hecho un buen trabajo, los dos, por mucho que el desagradecido reportero no quisiera reconocerlo. Cuando ella iba a sacar la cuartilla de la Olivetti, Vidal apareció y sin ni siquiera detenerse dijo:

—Muchacho, no hay espacio para nada. Escribe cuatro líneas.

Adiós a las fabulosas dos columnas, pensó Ana. Miró a Eduardo, que no sabía cómo esconder su decepción. No pudo evitar sentir pena por el joven periodista que intentaba hacerse un hueco en aquella redacción, pero rápidamente él le hizo un gesto para que se largase. Ella se levantó. El chico se dejó caer en la silla, sacó la cuartilla de la máquina de escribir y la tiró a la papelera. La chica dudó en decir algo, pero no sabía cómo consolar a aquel que nunca quería confort ni ayuda. La aventura se había acabado y tocaba volver a la realidad. Cruzó el largo pasillo hacia administración. Aún quedaba casi una hora antes de acabar y seguro que el señor Félix le había dejado tarea acumulada sobre su mesa.

Pasaban más de treinta minutos de las ocho cuando Ana puso la funda a su Olivetti. Y entonces se acordó. Entre la entrevista, el taxi y el susto del coche se le había ido de la cabeza. Ese lunes Rick esperaba una respuesta en aquel bar de fritos. Caminó lo más rápido que pudo. Volvía a llover y no era fácil esquivar los paraguas de los que iban en dirección contraria. Ana se cubría el cabello con un diario, pero poca cosa podía hacer aquel fajo de papeles con la cantidad de agua que se empeñaba en caer sobre ella. Llegó al bar empapada de pies a cabeza. Rick estaba sentado en la misma mesa que habían compartido cuando se conocieron por primera vez. La chica temblaba.

—Perdón. He salido tarde —se disculpó Ana.

—¿No llevabas paraguas?

—Me parece que me lo he dejado en un taxi.

—No perdamos el tiempo, pues. Necesitas ir a casa lo antes posible. ¿Qué ha dicho tu…?

—Dice que sí, pero lo tendrá que consultar con sus compañeros. No depende solo de él —interrumpió ella antes de que él dijese la palabra «novio».

—Lo entiendo. ¿Y cuándo…?

—Lo deben de estar hablando ahora mismo. Supongo que yo lo sabré en breve.

—¿Nos volvemos a encontrar en un par de días?

—De acuerdo.

—Muy buen trabajo.

—Gracias. Hoy lo necesitaba oír.

—¿Te busco un taxi?

—No hace falta, gracias. —Ana pensaba coger el autobús como siempre. Solo había mencionado el taxi antes para hacerse la interesante y porque sospechaba que con el susto se debía de haber olvidado el paraguas al volver al diario.

Rick la ayudó a levantarse apartando las sillas que habían dejado de cualquier manera los inquilinos de la mesa de al lado. Salieron juntos a la calle, pero cada uno se marchó en una dirección diferente. Ana estuvo tentada de retroceder y seguir a aquel hombre tan misterioso, pero sabía que tenía que volver a casa antes de que aquella humedad le llegase a los huesos. Podía oír la voz de su madre riñéndola: «¡Corre o cogerás una pulmonía!».

10

La luz de la pantalla iluminaba el rostro de Ana, que esperaba ansiosa que comenzase la película mientras movía el pie al ritmo de la música del anuncio de Movierecord. Le había costado mucho convencer a Pedro de ir a verla. A él le gustaban de intriga, de espías o detectives o los *westerns.* Siempre con una gran dosis de acción y entretenimiento. Para pensar, decía, prefería los libros. Las dos últimas que había visto con él habían sido *El tren* y *Siete días de mayo,* y aunque ella también las gozaba, le picaba la curiosidad por otros géneros. Unos meses antes fue sola al cinefórum de la Mutua Metalúrgica de Seguros, al pase de *Los cuatrocientos golpes.* Esa vez, incluso, se atrevió a hacer una pregunta en el coloquio de después. Aún tenía grabada la escena final de aquel niño que corría y corría hasta llegar a una playa y su mirada, que quedaba congelada en la última imagen. Lo único que lamentó fue no poder compartir aquella experiencia con nadie.

Aquel sábado le tocaba elegir a Ana y esta vez no cedió a los gustos de Pedro. Y ahí estaban, en la quinta fila del Español. Las butacas del teatro, un poco anticuadas, no eran incómodas, pero él no paraba de moverse como si no acabase de encontrar la posición correcta. Eso que ella le había dicho de que los actores cantarían todo el rato al chico le daba mucha pereza, pero ella estaba entusiasmada. No pudo ir cuando se estrenó, y cuando leyó que la volvían a exhibir no dudó ni un momento. Había oído de todo y quería ver aquel fenómeno que despertaba tanto gozo o tedio según en quién. El cine estaba medio lleno o medio vacío según los ojos de quien lo mirara.

La imagen desde el cielo de una calle empedrada de un pueblecito de Francia acompañaba los títulos de crédito. Una pareja paseaba. La mujer se detuvo un momento, abrió un paraguas y ambos continuaron andando hasta desaparecer de la pantalla. Una música melancólica servía de partitura para los otros transeúntes, un chico con una bicicleta, más paraguas, más bicicletas, una mujer con un cochecito de bebé, muchos paraguas y la lluvia que cada vez caía con más fuerza.

—Despiértame cuando acabe… —bromeó Pedro.

—Quién sabe, a lo mejor sales encantado.

—Milagros más extraños han pasado.

Ana sonrió al comentario de Pedro. Le gustaba que fuera tan exagerado y que al menos se lo tomase con humor. Ella ya estaba enamorada de aquella melodía que precedía a una gran historia de amor. Un hombre preguntó cantando al mecánico si el coche ya estaba listo y el operario respondió a ritmo de jazz que sí.

—Uf... ¿Esto va en serio? —se quejó Pedro.

—Ya te he dicho que en toda la película cantan. No hablan, cantan.

—Pero pensaba que...

—¡Shhh! —les hizo callar alguien.

—¿Y en francés? —insistió él.

—Sí..., shhh... —En esta ocasión le riñó ella.

El interés de Pedro despertó un poco cuando apareció la belleza de Catherine Deneuve. Pero los minutos pasaban, las escenas continuaban y el chico ya no sabía cómo sentarse en la butaca. Sacó un pequeño libro que guardaba en el bolsillo del abrigo, pero no podía leer bien a oscuras. Ana estaba totalmente inmersa en la historia, en las dulces voces que la contaban y aquella música que le llegaba al alma. Las quejas silenciosas de su novio la molestaban. De vez en cuando, le daba un golpecito en el brazo para que se estuviera quieto. Estaba claro que no pensaban lo mismo de *Los paraguas de Cherburgo*. Para ella era fascinante. Para él, puro tedio.

Cuando la película acabó ya era tarde. Pedro propuso tomar algo en el café del mismo cine, pero ella negó con la cabeza. Desde el Español a casa de Ana había un buen trozo y tendrían tiempo de sobra para charlar. Las calles del Paralelo siempre estaban animadas un sábado por la noche y la pareja se apresuró a subir al autobús. Ana se sentó y Pedro se puso a su lado. La chica miraba por la ventana muy seria.

—¿Te has enfadado? —preguntó él preocupado.

—No.

—Lo siento, pero me he aburrido un poco…

—¡Te has dormido! —rio ella.

—Solo descansaba los ojos.

—No tienes remedio.

—¡No tengo remedio! —repitió él cantando.

La chica le dio un golpe afectuoso en el brazo y dijo:

—En serio, a mí me ha gustado.

—Entiendo que te guste. Eres una chica, es una historia romántica…

—¿Qué tiene que ver que sea una chica?

—Mujer, a las chicas os van más estos seriales. Se enamoran, él se va a la guerra, pero la ha dejado embarazada y entonces ella se casa con otro…

—Pero si al principio salen mecánicos y coches… —bromeó ella.

—¡Sí! ¡Cantando!

Ana se echó a reír.

—Pobrecito, no te torturaré más con cosas de mujeres…

—Ya me entiendes.

—Y cuando yo voy a ver películas de pistoleros o de lo que tú consideras de hombres, ¿qué?

—¡Al menos no cantan!

—Entonces tampoco te gustó *West Side Story*.

—No la he visto.

—¿No has visto nunca *West Side Story*?

—No. Nadie me engañó para ir a verla.

—Eres la primera persona que conozco que no la ha visto. Hasta Prudi la vio y tenía ocho años. A lo mejor si la reestrenan…

—No, gracias.

—Entendido. No te gustan los musicales. Tomaré nota.

—Pero si a ti te gustan, te acompañaré siempre que quieras.

—Oh, qué detalle…

—Pero, por favor, ¿podemos esperar al menos un año?

Ana sonrió y volvió a mirar por la ventana. Desde el autobús de dos pisos veía la calle desde arriba, como en el primer plano de la película. No podía parar de pensar en aquella chica, en lo difícil que siempre lo tenían las mujeres.

—Cuando nos casemos…

Pedro no acabó la frase al ver cómo Ana se giraba sorprendida.

—Tendríamos que empezar a hablarlo. En un año y medio me graduaré —continuó él.

—Aún falta mucho.

—No tanto.

—Te graduarás y después harás las oposiciones…

—No es necesario esperar tanto.

—¿Qué quieres decir?

—Podemos casarnos cuando me gradúe. Yo puedo trabajar mientras me preparo para las opos y si tú también trabajas podemos alquilar algo baratito hasta que yo ya sea abogado y tenga mejor sueldo.

Ana no podía dejar de mirarle en silencio. Pero su cabeza iba a cien por hora. ¿Desde cuándo tenía planeado todo eso? ¿Quería decir que tenían que preparar la boda ya? ¿Se lo tenía que comunicar a sus padres? ¿Ella continuaría trabajando en el diario o tendría que buscar un trabajo mejor pagado? La chica se puso las manos en la frente; se notaba mareada. ¿Sería el estómago vacío o la indigestión de las palabras de Pedro? Él, preocupado, la cogió por los hombros y preguntó:

—¿Estás bien?

—No es nada. No he comido mucho y ahora…

—¿Quieres que paremos a comer algo?

—No. Quiero ir a casa.

—¿Estás segura?

—Sí.

Ella no era de las que se desmayaban. Tenía la salud de hierro, afortunadamente. Aparte del sarampión y alguna gripe nunca había sufrido ninguna enfermedad grave como la tos ferina o la tuberculosis. Ana era como su madre, fuerte como un toro. No entendía por qué le habían sorprendido tanto los planes de Pedro. Toda pareja comienza con la ilusión de casarse algún día, como había visto unos minutos antes en la película. La chica joven, de tan solo diecisiete años, que no puede esperar en convertirse en la esposa de su enamorado. Pero Ana no estaba segura de que aquel fuera su deseo. Sabía que era lo que tocaba, que su padre estaba débil y puede que no le quedaran muchos años para poder llevarla al altar, pero solo de pensarlo el mundo daba vueltas y más vueltas y ella sentía la urgencia de saltar.

Trueno pasaba entre sus piernas recorriendo arriba y abajo la cocina mientras Leonor acababa de prepararse la cena. Los sábados por la mañana iba al mercado. Era el único día de la semana que podía comprar y la mejor excusa para ver y charlar con la gente del barrio. Era cuando se enteraba de si los vecinos habían votado volver a pintar la escalera, de si la hija de no sé quién se había casado o de si al pequeño de los no sé cuál ya le habían llamado a filas. Y siempre con la misma canción: cómo pasa el tiempo. El suyo, el de Leonor, transcurría dentro del *Diario de Barcelona*. Y solo se daba cuenta cuando salía y los demás le contaban su vida.

—¡Tropezaremos! —dijo Leonor al gato.

—¡Miau!

—¿Tienes más hambre? Pues, no sé qué más te puedo dar...

La mujer abrió la despensa y repasó con la mirada las latas.

—¿Unas sardinitas? Me pondré una yo también con la verdura, ya verás qué gustito le da. A mí las acelgas..., ¿qué quieres que te diga? Tú me entiendes, ¿verdad, Trueno?

—Miau...

El gato maullaba como si le respondiera. O siempre que tenía hambre. A ella le gustaba. No se oía casi nada más en aquella casa, aparte de la radio, pero el locutor nunca interaccionaba con ella como lo hacía su amigo peludo.

—¡Ya va, chico, ya va! Mira, te pongo la lata aquí mismo y así paras de quejarte.

Al agacharse para colocarla al suelo, Leonor notó un crac en la espalda. Un pinchazo agudo en los riñones la dejó muda por unos instantes. El gato se abalanzó sobre su comida. La mujer intentó levantarse, pero no podía ella sola. Se había quedado clavada como el hombre de hojalata que necesitaba aceite en *El mago de Oz*. Le había pasado una vez antes, en el trabajo. Quiso recoger un sobre que se le había caído del montón que paseaba de recepción a administración y se quedó a medio camino. Pili la cogió del brazo, la sentó como pudo en el sofá que daba la bienvenida en el diario y llamó a un médico.

Trueno se lamía los bigotes después de zamparse las sardinas y con la cola fregaba la mejilla izquierda de su ama.

—Me haces cosquillas… —medio reía, medio lloraba Leonor.

La mujer pensó cómo podría llegar al teléfono del comedor. Tenía que salir de la cocina y girar por el pasillo hasta la sala. Alargó los brazos y las manos tanto como pudo, soportando el dolor en cada vértebra. Tocó el suelo con los dedos e intentó caminar a cuatro patas como su gato. Dio un paso, pero el dolor la detuvo. Suspiró profundamente. El inseparable felino maullaba un poco nervioso como si entendiese la gravedad de la situación.

—Ay, Trueno, si tú pudieras hablar…

Leonor cogió fuerzas de donde no le quedaban y dio un segundo paso, pero con tan mal pie que perdió el equilibrio y cayó al suelo, sobre su lado izquierdo. Soltó un grito de dolor que solo su fiel compañero oyó.

—¡Ayuda! —gritó—. ¡Ayuda! ¿Me oye alguien? ¡Me he caído! ¡No me puedo levantar! ¡Ayuda! ¡Por favor, ayuda!

Era inútil. Aunque la ventana de la cocina estaba un poco abierta, para airear el humo, como siempre que cocinaba, los sábados por la noche había demasiado ruido en la escalera. Oía la música de la radio de los vecinos de delante, las conversaciones animadas de los familiares de la pareja de al lado que habían venido a cenar, los ladridos del perro de abajo que siempre se quedaba solo los fines de semana cuando sus amos se iban a ver a los nietos a Lérida… El único que la podía oír era Trueno. Y ahí yacía a su lado.

—Ay, Trueno, ahora sí que estoy perdida.

El gato cerró los ojos como si supiese que la única opción era quedarse ahí toda la noche hasta que al día siguiente, cuando el silencio del rocío se extendiera por el patio de luces, Leonor pudiera dar un grito de socorro. Él ya había dormido en alguna ocasión en el suelo de la cocina. Para su dueña, era la primera vez. Y vencida por la resignación y el dolor, Leonor imitó a su fiel amigo.

Un rayo de sol la cegó por unos segundos. Leonor giró la cabeza todo lo que pudo y vio la imagen borrosa del reloj de la pared. Eran las seis o las siete en punto, no acababa de descifrar bien la aguja pequeña. Fuera cual fuera, era la hora ideal para poder pedir auxilio con la esperanza de que su voz se colara por la rendija de la ventana de la cocina y volara por las casas de sus vecinos hasta despertar a alguien, suficiente samaritano, para levantarse de la cama e ir a ayudarla.

—Socorro... —tosió. Tantas horas callada tenía la voz dormida.

El gato se puso derecho a cuatro patas. Leonor lo intentó otra vez:

—¡Socorro!

Esta vez sí se había oído. Y la fuerza la animó a chillar aún mucho más fuerte:

—¡Ayuda! ¡Socorro!

—¿Quién llama? —respondió una voz extraña.

—¡Leonor, del segundo primera!

—¿Quién? ¡Grite más fuerte!

Leonor identificó aquella voz. Era la del señor Mora, de los vecinos de enfrente. El marido de una pareja joven sin hijos a los que había regalado la mantelería de lino cuando vinieron a vivir al edificio justo recién casados.

—¡Leonor, del segundo primera! —repitió ella gritando como no lo había hecho nunca.

—¿Qué pasa?

—¡Me he caído y no me puedo levantar! ¡Estoy sola!

—¡No se preocupe, señora Leonor! ¡Ahora avisamos a un médico!

Nunca unas palabras le habían sonado tan dulces. Leonor respiró profundamente. Por fin alguien vendría a ayudarla. Pero no podía engañar su temor. En pocos meses se jubilaría y no tendría a nadie con quién hablar, con quién contar cuando necesitase algo... Las chicas del diario eran su familia. No muy numerosa, pero bien avenida. Pili y Rosi siempre eran amables con ella y le echaban una mano cuando lo pedía. Incluso la chica nueva, Ana, era de fiar. ¿Qué haría sin ellas? ¿Tener que esperar a que los vecinos se apiadasen de una vieja? No era tan ingenua. ¿Ir a vivir a una residencia para personas solas de su edad? No estaba enferma, ni quería dejar su casa… Trueno empezó a maullar como cada mañana cuando esperaba que su dueña le preparase el desayuno.

—Ahora, Trueno, ahora vienen. Paciencia, amigo. Es ley de vida.

Los golpes en la puerta de la entrada la calmaron un poco.

—Señora Leonor, ahora entramos y esperamos al médico con usted. ¿Hay alguien que tenga llaves de su casa?

—¡No!

—No se preocupe. El sereno me ayudará a sacar la cerradura, pero nos tiene que dar su permiso.

—¡Sí, hagan lo necesario! ¡Gracias! —gritó ella.

11

Ana no veía a sus compañeros detrás del montón de cartas que Pili le había dejado encima de su mesa, pero oía los estornudos de Javier. Leonor no volvería al trabajo hasta el lunes y cada día la llamaba con instrucciones. Lleva el correo a la redacción a las tres, vigila que las telefonistas no hagan los descansos demasiado largos, guarda tú las llaves del baño de señoras, que no me fío de aquel par; recuérdale al señor Félix su cita con los proveedores del viernes por la tarde… La mujer estaba en cama recuperándose de su pinzamiento de espalda. Un descanso impuesto por el médico que no la gustaba nada. La casa se le caía encima. Y siempre que se aburría, que era a menudo, cogía el teléfono que se había puesto en la mesita de noche para una emergencia. Sentirse útil era una cuestión de vida o muerte para ella.

—¿A qué hora vienen? —La cabeza del señor Félix apareció por encima de los sobres.

—A las cuatro —respondió eficiente Ana.

—Avísame cuando lleguen y hazles pasar a la sala de reuniones... ¿Y todo esto? —preguntó señalando el correo.

—Ahora lo llevo a la redacción.

—No te entretengas, que te tengo que dictar un informe.

—Enseguida vuelvo —anunció la chica levantándose.

Ana abrazó el montón de cartas, pero se le cayeron unas cuantas al suelo. Se agachó para recogerlas mientras notaba la mirada del señor Félix que le quemaba las nalgas enfundadas en la falda de tubo. Rápidamente se levantó y salió por la puerta. Al menos hoy se había salvado de una palmadita en el culo. Se apresuró a recorrer el pasillo, haciendo equilibrios para no perder ningún sobre. No entendía cómo lo hacía Leonor con aquellas manos tan menudas en armonía con su metro cuarenta y ocho de altura. Tan pequeña y tan grande, a la vez.

—Con la polémica que ha habido, seguro que irá alguien importante —dijo Vidal.

—¿Tú crees? —respondió Roca.

Ana repartía el correo a los periodistas. Algunos estaban sentados en la mesa larga del centro, pero había cuatro reunidos justo delante, de pie: Vidal, el jefe de redacción; Sánchez, el responsable de local, y Roca y José María, sus subordinados.

—¿No leíste el manifiesto que publicó *La Vanguardia*? —le dijo Sánchez.

—No leo la competencia —se burló Roca.

—¿No eran cuatro gatos? —preguntó José María.

—El decano del Colegio de Arquitectos, el presidente del FAD, el director de la escuela de Arquitectura…, y nombres como Le Corbusier, Joan Miró, Tàpies, Ràfols Casamada, Salvador Espriu, Gil de Biedma…, y la lista de artistas es larga… ¿Te parecen cuatro gatos? —defendió el jefe de local.

—Pero ¿realmente quieren dejar la Sagrada Familia tal como está? —insistió el periodista.

—Si un pintor se muere y deja un cuadro a medias, ¿te parecería bien que otro acabase su obra? Es un buen argumento —defendió Vidal.

—Por mí, como si la derriban —soltó Roca.

—Pero ¡qué dices! —exclamó José María.

—A mí, de Gaudí, es lo que menos me gusta…, parece una mona de pascua —volvió él.

—Opiniones aparte, tenemos que decidir qué hacemos con la cuestación —recondujo la conversación el jefe de redacción.

—Yo creo que será como cada año, chicos y chicas haciendo la recolecta de dinero, domingueros aburridos paseando por allí y con suerte dando una peseta… —insistía Roca.

—Dicen que este año recaudarán tres millones de pesetas —contraatacaba Sánchez.

—El orfeón catalán de Méjico ha enviado ya 500.000 —añadía Vidal.

—Alguien tiene que ir —propuso firme el jefe de local.

—¿Un domingo? —se quejó Roca, que ya sospechaba que le caería a él la tarea.

—Sí, también pasan cosas los domingos.

—Enviamos al nuevo, que es lo que toca, ¿no? —continuó defendiéndose él.

—¡Eduardo! Ven un momento.

El chico, que se peleaba con una máquina de escribir, al oír su nombre levantó la vista y se acercó a los cuatro periodistas.

—Muchacho, ¿qué haces el domingo? —preguntó Vidal.

—Se casa mi hermana —respondió el chico.

—¿A qué hora?

—Durante el día…

—¿El gran jefe está invitado? —chismorreó Roca.

El chico asintió con la cabeza.

—¿Y no te puedes escapar un rato? —insistió el periodista de local.

Eduardo no respondió, pero sus ojos mostraban su preocupación.

—Déjalo, no puede. Hay que ir por la mañana —concluyó Vidal.

—La ceremonia es a las doce, pero en la colonia Güell… —se excusó el chico.

—Pues mira, ya que estás con el tema Gaudí… —bromeó Roca, en un último intento de convencer al auxiliar para no tener que ir él.

—Sí, pero…

Eduardo no sabía cómo defenderse. Ana, que hacía rato que seguía la conversación como una partida de dobles de tenis, se ofreció:

—Puedo ir yo.

—¿Tú? —se sorprendió Vidal.

—Yo voy con mi familia cada año. Incluso hice una cuestación cuando tenía quince años.

—¿El año pasado? —se burló Roca.

—Chica, no se trata de ir a pasar el bote... —dijo el jefe de redacción.

—Puedo pasarme allí la mañana y apuntar todo lo que vea. Si viene alguien de los que firmó el manifiesto...

—Ana puede hacerlo. Es observar y apuntar —dijo Eduardo.

La chica se sorprendió del comentario del joven periodista. No sabía si era un cumplido o un intento desesperado para no perderse su compromiso familiar.

—El chico no puede faltar a la boda de su hermana —insistió Sánchez.

—Si se entera Don... que envío a la... —dijo en voz baja Vidal.

—Se enfadará más si sacas al chico de la boda que si enviamos a la taquígrafa, ¿no? —interrumpió Roca.

—También tienes razón —se convenció el jefe de redacción.

La chica esperaba impaciente en silencio. Sabía que era mejor no mostrar demasiado entusiasmo. Era mejor que pensaran que quería ser servicial.

—De acuerdo. Apunta todo lo que sea importante y el lunes nos lo cuentas —concluyó Vidal.

—¡Gracias! —no pudo evitar exclamar Ana.

—No mujer, a ti.

Ana estaba tan excitada que volvía a administración sin acabar de repartir el correo que le quedaba en las manos.

—¿Y no tienes nada para mí? —preguntó el jefe de redacción.

—Ay, sí. Perdón —sonrió ella dándole unos sobres.

Miró la última carta que le quedaba por entregar y vio el nombre de Eduardo. Se acercó a él y se la dio.

—Esta es para usted.

El chico la cogió, un poco sorprendido.

—De nada —dijo ella.

—Igualmente.

—No tienes remedio…

—Que lo pase bien el domingo.

—Y usted también.

Ana caminó pasillo abajo enfadada. Eduardo la desconcertaba. No había tenido ningún problema en defenderla delante de los incrédulos periodistas y al mismo tiempo era incapaz de admitir el gran favor que le había hecho ella al librarle de un encargo que le habría costado una buena bronca de su padre. La chica se sentó delante de la mesa donde le esperaba un informe en su Olivetti. El señor Félix la llamó desde detrás de su mampara. Ella suspiró profundamente y contó hasta diez. Le tocaba volver a su papel de secretaria.

Oía las voces desde el recibidor y no pudo evitar llevarse las manos a la cabeza. Se había olvidado y llegaba tarde.

Aquella noche Eudaldo venía a cenar a casa y su hermana se lo había repetido, sin éxito, diez veces por la mañana antes de ir al trabajo. Entre Leonor, la Sagrada Familia y esquivar las manos del señor Félix, Ana no había tenido tiempo de acordarse de que aquel día tenía que acabar a la hora. Se había hartado de caminar deprisa, pero incluso así pasaban de las nueve. Desde hacía un poco más de una semana, le daba la sensación de que alguien la seguía cuando salía del diario. Le parecía ver siempre al mismo hombre un par de metros detrás de ella. Seguramente debían de ser solo imaginaciones suyas, pero desde que quedó con Rick por segunda vez, temía que alguien la vigilaba. La chica olvidó sus cavilaciones, se colocó bien la falda, que se empeñaba en girarse, y entró al comedor:

—Lo siento, lo siento. Ha sido un día de locos. Suerte que el lunes vuelve Leonor. Hola —se disculpó Ana mientras se sentaba delante de su plato de *vichyssoise*. Su madre siempre preparaba el mismo menú cuando quería impresionar a los invitados. La sofisticada sopa la aprendió a hacer cuando, mucho antes de casarse, trabajó una temporada como criada de una mujer francesa. Estaba convencida de que Eudaldo, de buena casa, sabría apreciar su delicadeza.

—Hija, trabajas demasiado.

—Ha sido esta semana, mamá. Leonor se hizo daño en la espalda y sin ella se hunde el barco.

—Tienen suerte de tenerte.

Ana miró a su madre, la veía diferente. Vestía el conjunto de blusa y falda azul cielo, el mismo que se ponía muchos domingos para ir a misa, y era evidente que había ido a la peluquería, pero lo que la sorprendió era que se había pintado los labios de rosa y parecía más joven. Hasta su padre se había puesto corbata.

—Debe de ser emocionante trabajar en un diario —dijo Eudaldo con una sonrisa que delataba sus ansias de complacer a todos los presentes.

—Yo solo soy la taquimecanógrafa.

—Pero ¡fue a la entrevista con Los Sírex! —exclamó Prudi.

—¿Los Sírex? ¡A mí me encantan! —continuó el chico.

—Eudaldo nos estaba explicando que estudia Derecho. Como Pedro —cambió de tema la madre.

—Pero Eudaldo acaba este año —puntualizó Liz, que llevaba el vestido de la buena suerte, como ella le llamaba, el del escote en forma de corazón.

—Sí, ya queda menos.

—¿Y harás las oposiciones? —preguntó Jaime.

—Aún no lo sé. Mi padre quiere que le lleve todos los temas legales de la fábrica. Quiere a alguien de confianza.

—Claro, claro… —asintió la madre.

El ruido de los cubiertos y los platos fue el protagonista por unos minutos, mientras la madre, ayudada por Prudencia, fue a buscar el pollo relleno.

—¿Habéis visto las fotografías de las vacaciones de Liz Taylor y…, ay, cómo se llama su nuevo marido? —volvió a romper el hielo Isabel.

—Richard Burton —respondió Ana.

—Eso. Hacen tan buena pareja. Se les ve tan felices. Creo que esta vez ha encontrado a su verdadero amor. Él es el definitivo. Estoy segura.

—Isabel o Liz, como la quieras llamar, sigue la vida de su admirada Liz Taylor —aclaró Ana a Eudaldo.

—Dicen que soy una copia de ella —presumió coqueta Isabel.

—No, ella es una copia de ti —la halagó el chico.

Ana y Prudencia se miraron aguantándose la risa. La madre cambió de tema preocupada de que todo estuviese perfecto en la mesa:

—¿Queréis más pan?

—Por mí no hace falta. Está todo estupendo —agradeció Eudaldo.

—Yo sí —dijo Prudencia.

—Tú, cómete el pollo. Que no solo de pan vive el hombre. ¡Ni las niñas!

Ella rio.

—Venga, Prudi. Haz caso a tu madre —añadió el padre.

—Si no, te quedas sin postre.

Prudencia se apresuró a comer el pollo, apartando todas las verduras que encontraba cerca del ave. Por unos momentos parecía que ya no sabían de qué hablar, pero Eudaldo encontró el tema.

—¿Iréis el domingo a la Sagrada Familia?

—Sí, vamos cada año —respondió Isabel.

—Alguien tiene que acompañar a doña Rosario —dijo la madre.

—Yo ya la llevé el año pasado —se libró rápidamente Liz.

—Pues tú, Ana.

—Yo no puedo, mamá.

—¿No vas a ir?

—Sí, pero tengo que trabajar.

—¿En domingo?

—Es una historia muy larga…

—Pues empieza por el principio.

—Quieren que vaya y anote todo lo que vea, lo que se diga…

—¿Quién?

—Los del diario, mamá. ¿Quién va a ser?

—Hija, tu madre solo pregunta —la riñó el padre.

—Perdón.

—¿Y por qué no envían a un periodista?

—Me envían a mí.

—Sí, hija, pero ese no es tu trabajo. ¿No tienen a nadie más?

—Me he ofrecido yo.

—Ay, hija, en qué líos te metes…

—No es ningún lío, mamá. Es una oportunidad.

—¿Una oportunidad para qué?

—Para hacer algo más que pasar a máquina cartas.

—¿Y qué hay de malo en eso?

—Nada, mamá, pero me hace ilusión hacer de periodista.

—¿De periodista? Ay, hija, eso es trabajo de hombres.

—Una mujer también puede ser periodista.

—Es peligroso. Con toda la polémica que ha habido…

—Por eso quieren que vaya.

—¿Y te envían a ti? ¡Qué valientes…! ¿Y si pasa algo?

—No va a pasar nada.

—Y si esa gente que no quiere que se continúen las obras viene y…

—Mamá. Los que han firmado el manifiesto son artistas, arquitectos…, no son delincuentes. ¿Qué quieres que hagan?

—No sé, no me quedo tranquila.

—Ya iré yo con ella, mujer —se ofreció el padre.

—Tú la vigilas, que no se meta en líos.

—Que sí mujer…

—Prudi y yo acompañaremos a doña Rosario.

—Mamá… —se quejó la niña.

—Hija, no tiene a nadie y ya sabes que sola se pierde hasta en su piso.

—¿Puedo ir yo contigo? —preguntó Liz a Eudaldo.

—Encantado —respondió él.

—¿Vendrán tus padres?

—No pueden. Tienen un compromiso.

—Ah… —se decepcionó la chica.

—Los conocerás pronto. Te lo prometo.

—Ana, ¿me ayudas con los postres? —dijo la madre.

La hija se levantó. Ya sabía lo que le esperaba en la cocina. A Margarita no le había gustado nada todo eso de hacer de «periodista» por un día. Su madre era una persona prudente y sabía lo difícil que era el mundo laboral, sobre todo para las chicas. Ella trabajaba desde los dieciséis años, cuando llegó a Barcelona recién acabada la guerra. Había visto de todo, pero sabía que cuando la mujer se metía en el terreno del hombre las cosas siempre acababan mal. Y sufría por su hija. Pero Ana era joven y no tenía miedo.

12

Las calles alrededor de la Sagrada Familia estaban repletas de parejas, con y sin niños, y algún solitario que paseaba el perro como cualquier domingo por la mañana. Pero aquel era un día especial para los barceloneses que querían aportar unas cuantas pesetas para ayudar a completar la obra más compleja de Gaudí. Chicos y chicas con un bote en la mano recogían las donaciones y colocaban una banderita en la solapa del abrigo como agradecimiento.

Ana se plantó en la entrada del templo a las diez de la mañana. No se quería perder nada. Buscó algún cartel que anunciase algún acto, pero aparte de la misa de cada domingo y el programa para la cercana Semana Santa no había nada. Su padre permanecía a su lado en silencio. No quería estorbar a su hija y no estaba seguro de qué hacían allí. La chica miró a derecha e izquierda con la libreta y el bolígrafo en la mano y suspiró decepcionada. Roca, a pesar de ser un tarambana, tenía razón. Aquella sería una jornada de cuestaciones como cada año. La mayoría de los que estaban allí no se habían ni enterado de la polémica que los intelectuales habían iniciado unos meses antes. Y los artistas y arquitectos que se habían manifestado en contra de continuar la construcción de la Sagrada Familia no vendrían a dar dinero, pero tampoco perderían el tiempo en convencer a nadie.

Tozuda, Ana no quería perder la oportunidad de poder escribir o al menos proporcionar la información de la noticia que algún periodista del diario redactaría. Decidió ir al parque de delante, donde se hallaba la mesa petitoria, presidida por una dama de la burguesía, que organizaba a los chicos y chicas que hacían la cuestación. El padre preguntó prudente:

—Y ahora ¿qué hacemos?

—Observar.

—No has apuntado nada aún.

—No ha pasado nada aún.

Pero sí que había pasado algo que Ana no se esperaba. Allí estaba aquel hombre de oscuro al que siempre veía cuando salía del diario. Detrás de ella. Nunca le había visto a la luz del día. Cuando terminaba ya era tarde. Y dudó. Pero la nariz, alargada y torcida, parecía la misma que intentaba esconder bajo el sombrero cuando la seguía las noches de lluvia. Había algo en su rostro que era difícil de confundir con el de otro. E incluso así, la chica se convenció de que aquello no era importante. No quería que nadie le estropeara su aventura de periodista por unas horas.

—Ay, niña, yo también era optimista a tu edad, pero ahora tengo setenta y esto continúa sin terminarse. Y me parece a mí que ni tú la verás acabada…, pero ¿qué le vamos a hacer? Mira, aquí tienes —dijo un hombre al poner unas pesetas en el bote de una chica.

—¿No cree que la acabarán antes de veinte años? —preguntó Ana.

—¡Qué va! Ya hace cincuenta años que se tenía que acabar antes de veinte años… —soltó el viejo.

—Pero ¿igualmente quiere que continúen construyéndola?

—Mujer, ya que la han comenzado…

Ana se alegró de poder hacer sus preguntas, pero sabía que eso no era noticia. Su padre, en cambio, estaba muy orgulloso de ella:

—Mira la reportera.

—Ay, papá… —rio ella.

—¿No lo escribes?

—No interesa.

—Pero ya que te has molestado…

Ana sonrió las palabras de su padre. Y entonces la vio. Una chica, unos años mayor que ella, con un conjunto de chaqueta y falda muy moderno, tacones finos, los cabellos rubios recogidos con el peinado Catherine Deneuve en *Los paraguas de Cherburgo* y lo que más la impresionó: una cámara de fotos en sus manos que disparaba con precisión.

—¿Qué te gusta más: fotografiar paisajes o personas? —le preguntó Ana.

—Todo —respondió ella aún con el ojo en el visor.

—A mí me gusta hacer retratos.

—Yo no tengo remedio. Soy fotógrafo —bromeó la chica.

—¿Aquí, en el barrio?

—Trabajo en Madrid. En el diario *Pueblo.*

—¿Como fotógrafa?

—A mí me gusta más decir «fotógrafo».

—No sabía que había mujeres…

—Porque aún no nos habíamos conocido. Me parece que en este país estoy sola. Me llamo Juana. ¿Y tú?

—Ana.

—Ella trabaja en el *Diario de Barcelona* —explicó el padre.

—Soy la taquimeca —aclaró Ana.

—Sí, pero hoy la han enviado de periodista —insistió él.

—Me he ofrecido yo para apuntar si pasaba algo… —corrigió ella.

—Sí, chica, yo también pensaba que habría alguien importante, pero esto está más muerto…

—¿Te han enviado de *Pueblo?*

—No. He venido a visitar a mis padres el fin de semana, pero como sabía que hoy era el día de la cuestación y que había habido toda la polémica… Lo siento, chica, pero aquí no hay noticia.

—¿Te gusta trabajar en el diario?

—Me gusta mi trabajo.

—¿Hay más mujeres en *Pueblo?*

—Soy la primera en la redacción.

—No hay mujeres redactoras.

—Alguna hay. La mayoría en la sección de moda, pero he oído que ahora hay una chica en *La Prensa* que escribe de otros temas. No pierdas la esperanza.

—No, si yo no quiero... —dijo Ana mirando a su padre.

—Pues chica, ¡para no querer ser periodista haces muchas preguntas! —rio Juana.

—Eso sí —se sumó a su risa Ana.

—El mundo no se acaba en el *Diario de Barcelona.* Yo fui a pedir trabajo hace un par de años y ¿sabes qué me dijeron? ¿Una mujer fotógrafo en un diario? Ya nos entiendes, ¿no? No, no lo entiendo. Y, por suerte, encontré *Pueblo.*

—¿Cómo lo encontraste?

—Mi padre me había enviado a cubrir un campeonato de motos en Madrid. Yo estaba en el aeropuerto y un hombre me dijo: «¿Qué es usted, maniquí?». Y yo respondí: «No, maniquí no, yo soy fotógrafo». Era el relaciones públicas de *Pueblo.* Y me ofreció el trabajo de ir a cubrir en Barcelona el concurso *La cenicienta,* no sé si te acuerdas... La ganadora bailaba con Alfonso de Borbón, que hacía de príncipe...

—¡Sí, claro!

—Capté el momento en que a la chica se le caía el zapato. Y me ficharon para *Pueblo* inmediatamente.

—Qué suerte.

—La suerte se busca, no se encuentra.

—Esta me la apunto —dijo Ana anotando la frase en la libreta.

—Pues que tengas suerte. ¡Hasta pronto! —se despidió Juana.

Ana sintió envidia. Seguramente aquella conversación sería lo más interesante que pasaría aquel día allí en la Sagrada Familia. Pero recordó las palabras que más le habían impactado de Juana y siguió buscando su suerte. Su padre ya parecía un poco cansado de estar allí de pie y fue a sentarse en un banco.

—No es necesario que te quedes conmigo todo el rato.

—Se lo he prometido a tu madre.

—Pero no hace falta que seas mi sombra. No quiero que te canses. Ya sabes que dice el médico que…

—Sí, sí…

—Yo estaré por aquí cerca.

—De acuerdo —aceptó el padre.

Ana no quería volver con las manos vacías al diario. Miró el templo. Las cuatro torres, la grúa, la gran portalada… Recordó las palabras del impertinente de Roca y, a pesar de que no era la obra que más le gustaba de Gaudí, tampoco creía que pareciese una mona de pascua. Una idea le iluminó los ojos: ¿Y si la noticia no estuviera fuera, sino dentro? Ana corrió hacia la entrada de la Sagrada Familia. Si se daba prisa llegaría antes de que acabase la misa. Bajó las escaleras con mucho cuidado, ya se había caído una vez por culpa de aquellos escalones desgastados. Una vez en la cripta, bajo aquel enorme paraguas de piedra, ralentizó el paso buscando con la mirada algún asiento vacío.

—Ana… —susurró Prudi.

—¡Shhh! —la hizo callar su madre.

Ana vio a su madre, a su hermana pequeña y a Rosario sentadas en uno de los bancos de madera, casi atrás del todo, cerca de donde se encontraba ella. Excusándose consiguió sentarse con ellas. Prudi la saludó con una gran sonrisa. Rosario hizo un ligero movimiento con la cabeza. La pobre mujer nunca abría la boca por vergüenza a mostrar los pocos dientes que le quedaban. Y la madre, con la vista clavada delante, le dijo en voz baja:

—Está el alcalde.

Ana le dio las gracias acariciando su mano. Alargó un poco el cuello y vio en primera fila a José María de Porcioles, sentado en compañía de su familia. ¿Su acto de presencia, que no era habitual, podía considerarse un apoyo a la continuación de la construcción del templo? No era precisamente famoso por respetar los edificios. Los añadidos del Ensanche le habían dado fama de especulador. Pero suponía que no quería decepcionar a los barceloneses y, sobre todo, a la Iglesia, la gran defensora del monumento por su representación de expiación del pueblo. Las ideas rondaban inquietas por la mente de la chica.

Cuando acabó la misa, dos hombres a los que no reconoció, pero que por la pose y la vestimenta parecían de la burguesía, se acercaron al alcalde. La mayoría de feligreses se dirigía a la salida ordenadamente. Otros continuaban de rodillas pidiendo a la Virgen. La madre se dio cuenta de que Ana no se levantaba y le preguntó:

—¿Vienes?

—Voy a rezar un poco.

—¿Tú? —preguntó extrañada.

—Nos vemos en diez minutos. Papá está fuera en un banco.

La madre se fue sin entender nada, pero Ana tenía un plan. Se acercó todo lo que pudo al alcalde y sus dos interlocutores. Se arrodilló y juntó las manos fingiendo que rezaba. Cerró los ojos y abrió las orejas:

—Gracias por sus generosas donaciones. Este año son más necesarias que nunca —dijo Porcioles.

—¿Leyó el manifiesto en *La Vanguardia*? —preguntó uno de ellos.

—¡Qué despropósito! —exclamó el otro.

El alcalde asintió.

—Pero ¿qué quieren hacer? ¿Dejarlo a medias? No lo entiendo.

—Son chifladuras de artistas. No hay más explicación.

—Es un ataque a la ciudad.

—Y un ataque a la Iglesia.

—Caballeros, ni caso. Este templo no lo parará ni Dios —soltó el alcalde.

Los dos hombres rieron, pero rápidamente retomaron las formas cuando sus esposas se unieron a ellos después de unos cuantos padrenuestros y avemarías. La conversación perdió el interés cuando empezaron a hablar del tiempo. Ana salió lo más rápido que pudo de la cripta, sacó la libreta y el bolígrafo y apuntó todo lo que había oído. No era ninguna exclusiva, pero al menos las jugosas palabras de Porcioles, polémico por no respetar los edificios históricos, podían justificar una noticia breve sobre la cuestación de aquel año.

La vela ardía solitaria sobre el diminuto pastel que Julia había comprado a última hora con despecho. No estaba de humor para apagarla y saborear el chocolate. De hecho, no sabía ni por qué se había molestado en prepararlo todo. No tenía nada que celebrar. Se sentía engañada, abandonada y menospreciada por la persona a la que más amaba en este mundo. ¿Cuántos más le quedarían? Cumplía 45, pero los años le pesaban como si fueran el doble. ¿Cuántos más cumpleaños pasaría en la sombra? Ya no podía más.

La llamada de Roberto aquella mañana de domingo le había roto el alma. Tenía organizado todo el día con él. Una jornada especial, diferente a los miércoles por la noche de cada semana. Se lo había prometido. El primer cumpleaños que podían pasar juntos como es debido en casi cuatro años. Una escapada a Sitges, donde una antigua amiga de sus padres le había dejado su casa de veraneo. Comenzarían con un romántico paseo por la playa. Después, almorzarían una paella en uno de sus restaurantes preferidos. Y, de postre, pasarían la tarde entre sábanas, acunados por la brisa del mar. Un plan perfecto que se derrumbó a las ocho de la mañana, una hora antes de encontrarse en la estación de trenes. Ella ya se había vestido, peinado y maquillado y acababa de llenar la bolsa con un negligé que se había regalado para la ocasión.

—Lo siento mucho, pero no podrá ser.

Silencio.

—Mi hijo ha venido por sorpresa.

Silencio.

—Con la mujer y los niños.

Silencio.

—Es su regalo.

Silencio.

—Lo ha hecho por su madre.

Silencio.

Julia no respondía. No sabía qué decir. Muy bonito por parte del chico presentarse por sorpresa en casa de su madre enferma, con la mujer y las criaturas, para celebrar los veinticinco años de casados de sus padres. Pero ¿por qué aquel domingo si el aniversario de boda no era hasta dentro de dos semanas? Era cuando podían… Por Pascua se marchaban a ver la familia de ella en Sevilla… Las excusas bailaban por la cabeza de Julia, pero ella solo se preguntaba por qué tenía que ser precisamente en su día.

—Lo siento mucho, mucho —concluyó susurrando Roberto antes de colgar el teléfono con miedo a que su hijo le pudiera oír, a pesar del jaleo que montaban los niños saltando en la cama de su abuela.

Julia se quedó un rato con el auricular del teléfono pegado en la oreja. No podía creer que aquello fuera todo lo que él tenía que decir. Tenía la esperanza de que volvería a descolgar y oiría a Roberto, riendo y confesando que había sido una broma. De muy mal gusto, pero mejor que la cruda realidad. Pero nada. Era verdad. Real como el negligé que sostenía en las manos cuando la llamada la había encontrado empaquetando sus sueños en una bolsa.

Con la rabia aún en el rostro, Julia fue a la pastelería más cercana y compró el primer pastel que vio en el escaparate. Era ridículamente pequeño, pero con suficiente chocolate para calmarse un poco. Cuando volvió a casa lo guardó en la nevera. Se sentó en el sofá y acabó la novela *El fin del romance,* de Graham Greene, que hacía días que no tenía tiempo de leer. Desde que había conocido a Roberto, buscaba aquellas historias que la ayudasen a entender la infidelidad, pero solo conseguía llorar.

Cuando llegó la hora de comer tenía el estómago hecho un nudo. No sabía qué cocinar. No tenía ganas. Estuvo tentada de coger el tren y aprovechar la reserva en su restaurante favorito, pasear por Sitges y verter las lágrimas al mar, pero no tenía ánimos para volver a salir de casa. Sacó el pastel de la nevera. Buscó por los cajones de la cocina y encontró una vela vieja que seguramente había usado ya en algún otro cumpleaños. La encendió y ahí estaba ella, sola, delante de su futuro, que veía tan negro como aquel chocolate espeso.

No tenía calor, pero la nuca le sudaba. Se recogió el pelo en una cola que la rejuvenecía. Su reflejo al espejo no le gustaba. El corazón se disparaba y cogió aire profundamente para que aquella ansiedad no la privara de respirar. Ya no podía más. Aquel era el final. Aquella historia no podía acabar bien y ella ya estaba harta. Aquel mismo miércoles sería clara. O ella o su mujer. Había llegado el momento de escoger y si Roberto no podía, lo haría Julia por él. Había perdido cuatro años y no quería perder los cinco siguientes. O dejaba a su esposa y empezaban de cero, sin mentiras, sin esconderse, sin miedo o pondría punto final. Sus pensamientos le dolían y no estaba segura de ser capaz de repetirlos en voz alta a Roberto en el Café París, pero no quería sufrir más. Julia se comió el pastelito de chocolate poco a poco. El sabor dulce del azúcar se mezclaba con el salado de sus lágrimas. No tenía ningún deseo de apagar la vela y dejó que se consumiera sola en aquella cama de bizcocho.

13

El lunes Ana entraba en el *Brusi* con tanta energía que sus tacones marcaban los segundos de la aguja del reloj de recepción. Pili y Rosi la saludaron medio dormidas, como cada mañana. Leonor volvía a su puesto y todo parecía otra vez bajo control. La taquígrafa traía su libreta con las anotaciones del día anterior. Los nervios la habían mantenido despierta toda la noche pensando en cómo redactar la noticia. Sabía que sería un breve, pero quería que fuera perfecto. Con una gran sonrisa abrió la puerta de administración, se sacó el abrigo y se sentó en su sitio. Pero antes de que pudiera dar los buenos días al señor Félix, él le lanzó su maletín encima de la mesa y dijo:

—Todo a máquina y bonito.

—De acuerdo.

—Y necesito que escribas unas notas de agradecimiento. Ahora te paso la lista de nombres. Se la das a Leonor y que las envíe hoy mismo.

—Tendría que ir a redacción.

—¿Te han llamado?

—No, pero…

—¿Entonces?

—Me hicieron un encargo el viernes y…

—Muy bien, pero más tarde. Ahora no debe de haber nadie.

—¿Cuándo…?

—Ya te lo diré yo.

Ana sabía que tenía que tener paciencia. Y cuanto menos supiera el señor Félix, mejor. Prefería que pensara que le habían encargado llevar el café. Y como cada lunes por la mañana abrió el maletín de su jefe, sacó los papelotes que guardaba arrugados, como un niño pequeño sus deberes de la escuela, y empezó a pasarlos a máquina.

Sus dedos se deslizaban veloces por las teclas de su Olivetti. Ana se impacientaba. Las horas pasaban y el señor Félix no le daba una pausa. La chica miraba ansiosa su reloj de pulsera. Eran casi las cuatro menos cuarto y la mayoría de periodistas ya estaban en la redacción. Movía la pierna nerviosa y, sin querer, picaba el suelo con el tacón. Mateo la miró y preguntó:

—¿Tienes ganas ya de terminar?

—No.

—¿Y entonces los golpecitos son por…?

—Perdón. Es que tengo que ir a redacción —dijo parando de repente el ruido.

—Chica, si no lo pides tú…

—Ya…

—No muerde, ¿eh?

Ana no estaba tan segura. Evidentemente Mateo no sufría el mismo trato que ella. Pero, decidida, se levantó de la silla y llamó a la mampara del señor Félix.

—¿Sí?

—Perdone, pero me esperan en redacción.

—¿Qué hora…?

—Las cuatro, casi —se adelantó ella.

—De acuerdo, pero vuelve rápido que necesito dictarte una carta.

—Gracias.

Ana se apresuró a coger su libreta. Recorrió el pasillo a zancadas, a pesar de la falda de tubo, y se plantó delante del jefe de redacción. Vidal discutía con Roberto, que le pedía más espacio. La guerra de Vietnam era lo que más preocupaba últimamente al periodista. La chica no se atrevía a interrumpir y ellos parecía que no se percataban de su presencia. El comentario siempre inapropiado de Roca les hizo dirigir la vista hacia ella.

—¿Qué, chica, la Sagrada Familia aún sigue en pie? Si no, te tenemos a ti de monumento —rio el tarambana.

—Roca… —le riñó Vidal.

—¿Media plana? —insistía Roberto.

—Ni una línea más —concluyó el jefe de redacción.

—Gracias. No te arrepentirás.

—Ya me estoy arrepintiendo… ¿Y tú, chica? ¿Qué me traes? —preguntó a Ana.

Ella se quedó un poco cortada, pero finalmente habló:

—Fui a la cuestación. Y tengo unas declaraciones de Porcioles que creo que pueden interesar.

—¿El alcalde estaba?

—En la misa.

—A ver.

Ana le pasó la libreta. Vidal miró las anotaciones, pero no podía descifrar nada.

—No sé qué...

—Perdón... —se disculpó Ana percatándose de que Vidal no debía de saber taquigrafía.

—¿Me lo puedes traducir a palabras?

—Sí. Dijo: «Este templo no lo parará ni Dios».

—Es buena. Pero no sé, no es una noticia.

—Venga hombre, ya que la chica se ha molestado... —dijo Roca desde su sitio.

—Puede ser un breve. ¿Lo quieres escribir tú? —preguntó Vidal a Roca.

—Uy, yo ya tengo suficiente tarea hoy.

—Lo siento chica. Gracias por ir, pero...

—Lo puedo hacer yo —propuso Ana.

—Necesito un periodista.

—Si solo es un breve... —insistió ella.

—No es tan sencillo, maja.

—La puedo ayudar yo. A escribirlo —se ofreció Eduardo acercándose a ellos.

Ana no podía creer lo que oía. La generosidad no era la mejor virtud del chico.

—Si te ves capaz... —consintió Vidal.

—Un breve, ¿no? Tengo tiempo —afirmó él.

—Muy breve. Titular y párrafo. Mira a ver si ya se sabe cuánto dinero han recaudado y lo añades. La frase no es necesaria...

—Pero... —se quejó tímidamente Ana.

—Esto no es el *TBO*, chica. —Entonces se dirigió al joven periodista y añadió—: Menciona la presencia del alcalde y punto.

—Ninguna declaración, ¿entonces? —preguntó él.

—¿Te la quieres jugar por una tontería?

—De acuerdo —aceptó Eduardo.

La tarea de redactar el breve duró poco más de diez minutos. Ella le tradujo las notas taquigráficas y él hizo una llamada para comprobar cuánto dinero habían conseguido en la cuestación. Eduardo lo escribió y ya está. Eso fue todo. Ana se sintió poco útil, pero al menos tendría la satisfacción de leer en el diario del día siguiente aquella pequeña noticia que ella había ayudado a crear. Su nombre no saldría en ningún lugar. Tampoco el de él. Pero sabía que se sentiría igual de orgullosa.

Ana se apresuró para ir a administración. Sabía que el señor Félix ya debía de estar echándola en falta, pero antes de caminar pasillo abajo, se giró y volvió al lado de Eduardo:

—Gracias.

—Solo he hecho mi trabajo.

—Sí, pero no era tu obligación ofrecerte para...

—Muy bien, de nada —la interrumpió él sin levantar en ningún momento sus ojos de la Olivetti.

La chica sonrió. Aquel chico no tenía remedio. Rápidamente, Ana corrió hacia la oficina donde el señor Félix ya la esperaba impaciente. Se sentó en su sitio y volvió a su tarea de secretaria.

Por mucho que acelerase su paso, aquel hombre continuaba detrás de ella. Esta vez no tenía ninguna duda de que era el mismo de cada noche. Había reconocido su rostro siniestro con aquella nariz alargada bajo el sombrero que le tapaba los ojos; delgado como un esqueleto disfrazado. Ana no sabía cómo despistarlo y aunque cambiase su ruta hacia el bar donde la esperaba Rick, llegó pegado a su sombra. La chica se sentó delante del periodista y su cara de espanto lo dijo todo.

—¿Te han seguido? —preguntó él.

Ana asintió.

—¿Estás segura?

—Sí.

—¿Desde cuándo?

—Hace unas semanas.

—¿Desde que nos conocimos?

—Sí.

—Ven. No te separes de mí.

Rick se levantó y ella le siguió. El periodista abrió la puerta del bar y la cogió de la mano. Ana se sorprendió del gesto, pero no dijo nada. Caminaron a paso ligero, pero sin correr. A vista de los demás transeúntes parecían una pareja que se apresuraba en volver a casa. Él miraba de vez en cuando hacia atrás, disimuladamente.

—¿Es el hombre delgado del sombrero negro?

Ana asintió. Rick aceleró sus pasos. En la esquina de la calle había un taxi parado, de donde salía una mujer mayor. Se acercaron y él ayudó a la vieja que tenía dificultades para levantarse del asiento del vehículo.

—Gracias, majo —dijo ella.

Sin perder ni un segundo Rick se dirigió a Ana:

—Rápido. Entra.

Ambos se metieron en el taxi y Rick ordenó al conductor:

—Al Café París.

El coche se puso en marcha y dejaron al hombre atrás, mientras ellos se alejaban. Rick suspiró y miró a Ana. Ella sonrió aliviada. En poco más de cinco minutos llegaron al Café París. El periodista observó la calle antes de salir del taxi. Y cuando todo parecía tranquilo, ofreció su mano a Ana.

La chica encontró aquel local mucho más elegante que el bar de fritos. Se respiraba un perfume a flores y a tabaco extraño, pero agradable. Ana se fijó en una mujer sentada sola en un rincón. Si hubiera conocido a Julia se habría acercado a consolarla, pero ella no sabía quién era aquella solitaria que ahogaba la tristeza en un Martini.

—Sentémonos aquí —propuso Rick.

—Muy buena idea, el taxi.

—Siempre que te sigan coge un taxi o el autobús. Es la única manera de despistarlos.

—¿Qué les pongo? —preguntó el camarero.

—Un whisky con hielo —respondió el periodista.

—¿Y para la señorita?

—Un Martini —contestó Ana.

—¿Ya tiene edad? —se sorprendió el camarero.

—Sí —afirmó Rick.

El camarero guiñó el ojo y se fue.

—Gracias. Normalmente no bebo, pero... —le agradeció el gesto ella.

—Hoy lo necesitas... Lo siento.

—No. Al contrario.

—No debería ponerte en estas situaciones.

—Un poco de emoción en mi aburrida vida de taquimeca no hace daño.

—No te confundas, Ana. Mi vida no es emocionante ni divertida.

—Más que la mía, que me paso el día picando cartas a máquina...

—Estuve casado. En París. Pero cuando vine aquí tuve que abandonarlo todo. Incluso a mi hijo —confesó él serio.

—No lo sabía —comentó ella borrando su sonrisa.

—Pienso cada día en él.

—Pero tienes una misión.

—Eso suena demasiado a novela policíaca. Yo diría un propósito.

—Pues un propósito. Yo no sé cuál es el mío.

—¿Qué te gustaría cambiar?

—¿Por dónde empiezo?

—¿Qué es lo que más te indigna?

—Que las mujeres no tengamos las mismas oportunidades que los hombres.

—Eso...

—Tú eres un hombre, no lo puedes entender.

—Te entiendo como defensor de las libertades.

—No es solo una cuestión de libertad.

—Necesitamos primero una democracia. Esta tiene que ser nuestra primera lucha —dijo bajando la voz al ver al camarero atendiendo la mesa de al lado.

—Pues hasta que no estire la pata...

—¡No! ¿Dónde está tu optimismo? Tú eres joven.

—¿Cómo quieres que sea optimista si ni siquiera me han dejado escribir cuatro líneas por el hecho de ser una mujer?

—Las batallas se ganan poco a poco.

—O se pierden.

—Pero nunca tienes que dejar de luchar.

—Para ti es muy fácil.

—Y tú también lo puedes hacer. De hecho, ya lo haces ayudándome a mí.

—Sí, pero quiero hacer más.

—¿Qué quieres decir?

—Quiero organizar algo, no sé, como hace Pedro..., pero ni siquiera él me deja ir a sus reuniones.

—¿Por qué?

—Para protegerme. Dice que es demasiado peligroso para mí.

—Lo hace porque te quiere.

—Yo no he pedido protección.

—Es innato en el hombre.

—Ya empezamos...

—No te lo tomes así. Sufre por ti.

—No necesito que nadie sufra por mí.

—Eres muy joven… y bonita.

Un silencio tan denso que se podía cortar con un cuchillo se apoderó de sus voces por unos segundos. Aunque sus miradas hablaban demasiado. Y el miedo a cometer un error hizo actuar al periodista:

—Es tarde. Te deben de esperar en casa.

El tono paternalista de sus palabras borró la magia del momento. Habían estado flirteando sin darse cuenta. Incluso ella, aquella mañana, se había puesto el jersey rojo, el que Liz siempre decía que le favorecía. Había sido del todo inocente, pero la chica se sentía culpable. La culpa, siempre la culpa, pensaba enfadada consigo misma.

—Nos vemos mañana. Mejor aquí. Recuerda, coge un taxi y así no te pueden seguir.

—Adiós.

Rick dudó de si aquel era un adiós para siempre. Ya le había dicho dónde era la reunión y, por lo tanto, ya no era necesario encontrarse con ella. Las ganas de volver a verla le hicieron insistir:

—¿Hasta mañana?

Ana asintió, un poco dudosa, pero acompañó su movimiento de cabeza con una sonrisa que tranquilizó al periodista. La chica no se quería perder la reunión y tenía la esperanza de que, después de la conversación, Rick la ayudaría a poder quedarse y participar en aquel intento de salvar el mundo. Al menos su mundo.

14

Eduardo dictaba las palabras con energía, veloz, conciso y sin tropezarse. Tampoco podía esconder la emoción en su voz. El chico se frotaba de vez en cuando la frente, como siempre que los nervios le hacían dudar, pero el optimismo borraba cualquier intento de autosabotaje. Atrás quedaba el tímido redactor novel para dar paso al periodista que por fin se sentía uno más en el diario. Después de un centenar de breves y de heredar todos los temas tediosos de los que nadie en la redacción quería encargarse, por fin le había tocado uno gordo, gracias a la gripe que había dejado a Roca en la cama.

—¿Voy demasiado rápido? —preguntó.

Los dedos de Ana volaban sobre las teclas de la Olivetti. Ella negó con la cabeza sin dejar de escribir. No quería detener la pasión de Eduardo, que parecía que por primera vez en la vida gozaba de algo. La verdad era que le empezaba a costar un poco seguir su ritmo, pero antes le sangrarían las uñas que admitirlo ante él.

La suerte del periodista había sido un tópico, estar en el sitio adecuado en el momento oportuno. Llegar el primero a la redacción, recibir la llamada de su compañero y saber de la importante entrevista que tenía concertada para aquella mañana. Roca había quedado a las once en el bar que había a dos esquinas del *Brusi* con su contacto en la universidad. Pero la noticia no era local, era mucho más importante. Era un avance de lo que saldría publicado al día siguiente en el Boletín Oficial del Estado. Ellos podían sacar la exclusiva.

—¿Los has cogido todos?

Ana asentía mientras repetía los nombres mentalmente para no olvidarse. Un dato más y ya no podría seguir el ritmo frenético del periodista. El tema también le interesaba a ella. Aquella noche Pedro tenía reunión clandestina con su grupo de estudiantes en el bar del padre de Quique. Rick también estaría presente. Incluso habían quedado en el Café París para ir juntos y asegurarse de que nadie la seguía. Aquella información, antes de que fuera oficial, seguro que les sería útil. El chico puso el punto final con una sonrisa que pocas veces habían visto sus compañeros de redacción. Y aún menos la taquígrafa.

—Se te ve contento —se atrevió a decir Ana.

Y Eduardo ya no volvió a mostrar los dientes. La chica suspiró profundamente mientras movía los hombros para liberar la tensión en los brazos. Aquella Olivetti era mucho más suave que la suya y se alegró de que el señor Félix fuera mucho más lento cuando dictaba sus cartas. El pensamiento la envió pasillo abajo. Llevaba casi una hora en la redacción y su jefe seguro que debía de estar impaciente. El teléfono de Eduardo había sonado un par de veces y ella temía que las llamadas fueran para reclamarla. El chico solo se había limitado a responder: «Sí, sí, aún». Y concentrado en la noticia, se había olvidado de decirle a Ana que la necesitaban.

Cuando abrió la puerta de administración el señor Félix revolvía los papeles que ella tenía bien colocados encima de su mesa. Las cejas fruncidas delataban su mal humor. Ana se quedó sorprendida bajo el marco, sin saber qué hacer, pero rápidamente él la vio y atacó:

—¿Dónde está mi libreta?

—¿Qué…?

—No te hagas la tonta, nena. Ya sabes qué libreta. La de los proveedores —la interrumpió él alzando la voz.

—Yo no… ¿No la tendrá Mateo?

—En su mesa no está.

Ana miró a su alrededor y se dio cuenta de que estaban solos. Javier se había ido temprano porque no se encontraba bien y Mateo se pasaba las tardes con clientes. Con timidez se ofreció:

—Puedo ayudar a…

—Sí, ya era hora.

Ana se acercó a la mesa de Mateo. El hombre era un poco desordenado y la famosa libreta podía estar en cualquier sitio, pero fue abrir el primer cajón y ahí estaba. La chica la cogió y se la dio al señor Félix. Él se la arrancó de las manos enfadado:

—¿Ves como tú sabías dónde estaba?

—Yo solo…

—Basta. No quiero oír más tonterías. Ya me has hecho perder demasiado el tiempo.

Ana se dirigió hacia su silla con ganas de esconder el rostro tras la máquina de escribir, pero al pasar por delante del señor Félix, él la agarró por la cintura con violencia y la abrazó por detrás apretándola contra él y poniéndole sus manos gruesas y sudadas en los pechos.

—¿Y si me compensas, nena? —Le susurró al oído con su aliento a tabaco.

Ella luchaba por deshacerse de sus garras, pero él la retenía con fuerza mientras intentaba desabrocharle la blusa. Con un golpe de tacón en la rodilla consiguió que la soltase. Ana se giró y le dio una bofetada. Él rápidamente le torció el brazo y la amenazó:

—De esta te arrepentirás.

—¡Félix! —gritó una voz familiar.

Ambos giraron la cabeza y allí, en la puerta, se encontraba Eduardo con los ojos aún asustados. Ana nunca se había alegrado tanto de verle, pero Félix cortó cualquier chispa de esperanza:

—Estás despedida.

La chica abrió la boca, pero sus quejas eran mudas. Los labios le temblaban, como el resto del cuerpo, no podían articular palabra.

—¿Por qué? —preguntó Eduardo.

—¿No lo has visto?

—Lo he visto.

—Insubordinación, falta de respeto por…

—¿Y tú? —le interrumpió el chico.

—Mira, Eduardo, que conozca a tu padre no quiere decir que…

—¿Quieres que le cuente lo que has hecho?

—Me parece que aquí hay un malentendido —rio Félix.

—Sí. No entiendes que eres tú quien saldrá perdiendo.

—Eduardo, no permitiré que me hables así. Soy tu superior.

—Mi superior es el director.

—Eduardo, me parece que te estás equivocando.

—¿Quieres que vayamos a hablar con don Enrique?

—¿Qué haces aquí? ¿No tendrías que estar en la redacción? —contraatacó Félix.

—Necesito a la señorita Ana para coger notas en una entrevista telefónica.

—¿Y no sabes llamar por teléfono?

—No respondía nadie. ¿Puede venir?

—¿Ahora?

—Sí.

Félix se acercó a Ana. La chica, cabizbaja, sin atreverse a cruzar la mirada con él, apretó fuerte los puños para dejar de temblar y no se movió. Finalmente él dijo, firme:

—Por esta vez haré la vista gorda. Pero que no se vuelva a repetir o la próxima, a la calle.

Ana se apresuró a salir de administración y justo al pasar por la puerta oyó a Eduardo:

—Félix.

—Señor Félix, muchacho —le puntualizó él.

—No tienes nada de señor. Y yo también espero que no se vuelva a repetir.

—Vete, vete con tu novieta, chico —se burló él.

Ambos cruzaron el pasillo en silencio, poco a poco, como el cortejo de un funeral. Ana se sentó en una silla delante de una Olivetti. Eduardo, a su lado, sujetaba el teléfono.

—Necesitas…

—Gracias. De verdad, gracias, pero no quiero hablar.

El chico asintió comprensivo y levantó el auricular.

—¿Estás preparada?

—Sí —respondió Ana cogiendo un bolígrafo y un papel. No quería pensar en lo que acababa de pasar. Lo quería olvidar lo antes posible. Lo guardaría dentro de su caparazón, bien al fondo, al lado de todo aquello que la torturaba. Tenía que ser lista y tomar precauciones. No volvería a estar nunca sola con él. Hablaría con Leonor. Ella la entendería y la ayudaría. Ya la quiso avisar y ella no se enteró. ¿Cómo podía haber sido tan ingenua?, se preguntaba la chica.

—¿Ana? —Eduardo la despertó de sus pensamientos.

—Adelante. Llama —accedió ella.

Cuando acabó de apuntar la conversación telefónica, Ana le tradujo las notas taquigráficas a Eduardo, que por fin daba por acabada su noticia. Ella se guardó el papel. Para ella también sería muy útil. Miró su reloj de pulsera. Eran las siete pasadas de la tarde. El chico corrió a Sánchez para darle la cuartilla. Y ella se levantó para volver a administración. Se movía más lentamente de lo que necesitaba, como si su cuerpo no quisiera. Sin saber ni cómo ni por qué se quedó de pie delante de los periodistas. Quieta.

—¿Quieres que te acompañe? —le preguntó Eduardo, que acababa de volver a su sitio.

Ella le miró sin decir nada. Notaba cómo sus mejillas temblaban sin control. Sus ojos quemaban y se llenaban de lágrimas que no se atrevían a deslizarse por el rostro. Su pecho se movía rápidamente, arriba y abajo, al ritmo de su respiración entrecortada. Eduardo la cogió del brazo y la ayudó a recorrer el pasillo deprisa. Hizo un gesto a Leonor, que se apresuró como pudo hacia Ana, cada segundo más pálida. La mujer tomó el relevo del joven periodista y llevó a la chica a los baños. Una vez dentro, la agarró por los hombros y dijo:

—Ana. ¡Suéltalo!

La chica la miró asustada y no se pudo contener más. Lloraba, sollozaba y tenía que acordarse de respirar para no ahogarse. Leonor la abrazó y la calmaba con su voz fina.

—Sácalo todo. No pasa nada.

Cuando ya no le quedaban más lágrimas, Ana se secó los ojos. Por suerte nunca se los maquillaba; si no, se habrían convertido en dos ríos de tinta. Se sonó ruidosa y el sonido estridente de su nariz le provocó una sonrisa triste. Miró a Leonor, que continuaba a su lado, con la cabeza ligeramente torcida a la izquierda y mordiéndose el labio de abajo como signos de su compasión, y le dijo de todo corazón:

—Gracias.

—¿Estás mejor?

La chica asintió.

—Puedes irte a casa si quieres. El señor Félix ya se ha ido.

—¿Está Mateo?

—Sí, pero por él no tienes que preocuparte.

—Ya lo sé. No quiero estar sola en la oficina.

—Y así lo haremos siempre. A partir de ahora.

—Gracias, Leonor. Muchas gracias —dijo la chica un poco más aliviada.

No hizo falta explicar nada. No debía de ser la primera y seguramente tampoco sería la última. Ana acabó de borrar los rastros de su llanto. No recordaba cuál había sido la última vez que había estallado como una tormenta. Puede que cuando supieron el diagnóstico de su padre. No estaba segura. Tampoco quería pensarlo. Antes de llegar a la puerta de administración, acompañada de Leonor, vio a aquella mujer mayor, bien vestida y elegante, que alguna vez había encontrado de camino a la redacción. Sus ojos la siguieron pasillo arriba. Admiraba su seguridad al acercarse a la jaula de los leones, como una vez había oído a Pili decir, aunque ella siempre había creído, y ahora estaba completamente segura, de que los periodistas no eran los que mordían.

—Es María Luz Morales. Crítica de teatro —se adelantó a su pregunta Leonor.

—Me la imaginaba más…

—¿Joven?

—No. No lo sé.

—Esta mujer tiene una larga historia detrás.

—Me leo siempre todos sus artículos.

—Un día la conocerás.

—¿Sí?

—Tú confía en mí —le guiñó el ojo Leonor.

Pasadas las ocho salió por la puerta principal del diario con la intención de dejar atrás lo que no podría olvidar nunca. Antes de que pudiera meter las manos en los bolsillos y empezara a caminar una voz la detuvo:

—¡Ana! ¡Espera!

La chica se giró y vio a Eduardo detrás de ella.

—¿Quieres que te acompañe a casa? —se ofreció él.

—No hace falta. Gracias.

Él la volvió a detener, esta vez con un suave golpe en el brazo:

—Ana, puedes contárselo a don Enrique.

—¿Cuántos años lleva aquí?

—¿Félix? No sé. ¿Veinte?

—Y yo no hace ni dos meses. ¿A quién echarán?

—Puedo ir contigo. Te creerán.

—Si voy contigo, claro.

—No quería decir…

—No le echarán —le interrumpió convencida Ana.

—Al menos te has defendido. Has sido muy valiente.

—Si no llegas a entrar tú…

—Lo siento.

—Ya lo sé. Sabía que en el fondo eres de buena pasta —medio sonrió ella, aún con el corazón compungido.

—Ana, yo no soy siempre así. Cuando no trabajo no llevo gomina, ni corbata ni...

—¿Y por qué...?

—No necesito que ellos me vean aún más joven de lo que soy —la interrumpió en voz baja para que no le oyera un periodista que salía del diario.

Ella asintió comprensiva.

—No es nada personal —insistió él.

—Lo comprendo...

—Muchacho, qué suerte que has tenido hoy, ¿eh? —dijo José María, que justo se acercaba.

—Sí.

—Para que Roca no venga se tiene que estar muriendo. Una vez se presentó con tal catarro que don Enrique le estaba dando la mano, felicitándolo por ahora no recuerdo el qué..., y estornudó y le llenó de mocos. ¡Al director! —se echó a reír—. ¿Ha llamado él?

—No, una mujer. ¿Su esposa?

—¡Qué va! ¡Si aún vive con su madre...!

Ana no estaba de humor para continuar la conversación y aprovechó que el periodista reía para despedirse:

—Hasta mañana.

La chica subió por la calle Muntaner y poco después vio a su fiel amigo de negro detrás de ella, como su sombra. No dudó en coger un taxi. En el bar del padre de Quique se reunían Pedro y un grupo de estudiantes que no sabían la valiosa información que ella guardaba. Aquel martes no lo olvidaría nunca. Por muchas razones. Algunas obvias y otras de las que no sería consciente hasta muchos años después.

Al llegar al Café París, Ana no tuvo ni que bajar del taxi. Rick estaba en la esquina y, después de asegurarse de que nadie les vigilaba, subió al vehículo.

—Eres muy buena alumna —dijo al sentarse a su lado.

—Me has visto enseguida.

—Ya te esperaba.

De un café a un bar. Muchas cosas importantes se llevaban a cabo en aquellos locales aquellos días. Nada como un lugar público para encontrarse en secreto. Rick y Ana entraron al Vermut y el silencio de la noche se rompió con la conversación animada de un grupo de jóvenes que intercambiaban chistes y cerveza. Pedro y sus amigos hacía rato que habían llegado. Estaban sentados en los taburetes de la barra. Detrás, el padre de Quique limpiaba un vaso. No había nadie más.

—¡Ana! —la llamó Pedro, acompañado de cuatro chicos que la sonreían como él.

La chica se acercó, seguida por el periodista.

—Estos son Jorge, Domingo, Quique e Ignacio. Me parece que ya…

—Sí, ya les conozco a todos, menos a Ignacio —confirmó ella.

—Soy de Madrid —aclaró Ignacio, un chico pecoso y larguirucho que le sacaba un palmo a todos los demás.

—Hola. Rick —se presentó él.

—¿Ricardo? —preguntó el estudiante.

—No, solo Rick.

El padre de Quique puso el cartel de cerrado y les hizo pasar al almacén, donde había dispuesto unas cuantas sillas, entre cajas de Pepsi-Cola, de Xibeca-Damm, de sidra El Gaitero y de brandy Soberano. Ana se fijó en una foto de una familia, los padres y los dos hijos, un niño y una niña, los cuatro bebiendo cerveza. El anuncio, recortado de una revista, colgaba en la puerta de un armario.

—¿Cómo irás a casa? —preguntó Pedro a su novia.

—Me quedo.

—Ana…

—Necesitas que me quede.

—¿Muerde? —bromeó Pedro señalando disimuladamente a Rick.

—Ana es mi ayudante —se acercó el periodista.

—¿Ayudante de qué? —preguntó un poco mosqueado Pedro.

—¿Qué problema hay en que se quede? Ya es mayorcita.

—No creo que sea asunto tuyo.

—Me sé defender sola. Gracias —intervino Ana.

—Ana… —suspiró cansado Pedro como siempre que no tenía ganas de discutir, pero tampoco quería ceder.

—Tengo información que deberíais conocer.

—¿Qué información?

—Ha llegado hoy al diario. Saldrá mañana en el Boletín Oficial del Estado. ¿Quieres esperar hasta mañana?

—¿Empezamos ya? Mañana tengo que madrugar para coger el tren —intervino Ignacio.

—Muy bien. Quédate, pero no me hagas quedar mal —dijo en voz baja Pedro a Ana.

La chica sonrió apretando fuerte los dientes para evitar que su lengua largara demasiado y enviase a su novio al carajo. No habían vuelto a hablar sobre cuándo se casarían, pero ella sospechaba que él aún estaba dolido por sus dudas en planear una boda pronto. Sin embargo, Ana se sentó donde la pudieran ver y escuchar bien todos. Sacó el papel con sus notas y empezó:

—Hoy en el diario…

—¿Qué diario? —preguntó Jorge.

—El *Diario de Barcelona* —respondió Ana.

—¿Eres periodista? —se interesó Ignacio.

—¡Qué va, taquimeca…! —se adelantó riendo Pedro. Ana le miró enfadada.

—Pues a mí me ha ayudado como una auténtica periodista —añadió Rick.

La chica le devolvió la sonrisa. Pedro se puso celoso:

—¿Y si vamos al grano?

—Bueno, como iba diciendo…, nos ha llegado la información que mañana saldrá publicada en el Boletín Oficial del Estado sobre el decreto por el que se regulan las Asociaciones Profesionales de Estudiantes —continuó Ana.

—Adiós al SEU. Son buenas noticias, ¿no? —dijo Domingo.

—¿Cuáles son las bases? —añadió Jorge.

Ana pasó un papel donde había apuntado lo más significativo. Había aprovechado la última media hora de jornada laboral para pasarlo a máquina. Las presiones de los estudiantes habían conseguido abolir el SEU, el Sindicato Español Universitario, que era controlado por la Falange. Para substituirlo, se decretaron las APE, las Asociaciones Profesionales de Estudiantes, que intentaban dar una falsa imagen de libertad.

—Sí, pero ¿quién ha decidido las bases? —preguntó Ignacio.

—¿Qué quieres decir? —dijo Quique.

—La junta de delegados de los estudiantes no ha estado en estas reuniones. Como siempre han decidido ellos.

—Es más de lo mismo —siguió Pedro.

—¿Y qué hacemos? —preguntó Quique.

—Al menos nos han hecho caso y han substituido el SEU —dijo Jorge.

—Sí, por otra mierda —respondió Ignacio.

—Han cambiado las siglas, pero poca cosa más —añadió Pedro, que parecía la mano derecha de su amigo de Madrid.

—Hay que seguir movilizándose, compañeros —continuó Ignacio.

—¿Y cómo lo vais a hacer? —se incluyó en la conversación Rick.

Los demás le miraron en silencio con la desconfianza en sus ojos.

—Podéis confiar en él —les tranquilizó Ana.

—¿Podemos? —creó la duda Pedro, que no le gustaba nada esa conexión entre el periodista y su novia.

—Es el corresponsal de una publicación de París que se distribuye en España de forma clandestina —continuó ella.

—¿Cuál? —preguntó Ignacio.

—*Mañana* —respondió Rick.

—Muy bien, Rick. Pues lo que vamos a hacer es manifestarnos hasta que nos quedemos afónicos. Encerrarnos en las aulas hasta que nos escuchen —predicó Ignacio.

—¿Cuándo? —continuó su trabajo el periodista.

—Tenemos que hacerlo todos a la vez, aquí, en Madrid…

—El máximo de universidades de España —siguió Pedro.

—¿Cómo?

—Sin violencia, si es lo que estás insinuando.

—Solo pregunto.

—Por lo menos de nuestra parte —precisó Quique. Los demás rieron.

—Si es por los grises… Yo aún tengo moratones de febrero —añadió Jorge levantándose la manga de la camisa y mostrando orgulloso su brazo.

—Ya te digo —rio Domingo.

Los estudiantes continuaron con sus batallitas y sus buenas intenciones de futuro, pero Rick ya no estaba interesado en seguir la conversación. Poca cosa más podría sacar de allí si no había una movilización. Ana no pudo evitar bostezar y el periodista aprovechó para ofrecerse:

—¿Te acompaño a casa?

—¿Qué hora es? —preguntó ella.

—Es tarde y quiero asegurarme de que no te sigue nadie.

Ana se levantó y se puso el abrigo. Pedro vio cómo ambos se preparaban para irse y se acercó a su novia.

—Espérate cinco minutos más y voy contigo.

—No hace falta.

—Sí, mujer.

—Estoy cansada.

—Son nada, cinco minutos. Me despido de Ignacio y...

—Cogeremos un taxi, es más seguro —interrumpió Rick.

Pedro no dijo nada, pero no era necesario. Cuando se enfadaba sus cejas se juntaban tanto que formaban una sola línea. Ana siempre se tenía que aguantar la risa porque lo encontraba cómico, pero aquel martes había sido demasiado largo y demasiado agotador. No tenía ganas de nada más que de llegar a casa y esconder la cabeza bajo las sábanas. Y dormir con la esperanza de que cuando se despertara al día siguiente, aquel 6 de abril de 1965 hubiera sido una pesadilla.

15

El olor a tabaco la conducía hacia la redacción. Ana aceleró el paso al intuir desde el pasillo la neblina blanca de los cigarrillos que los periodistas consumían mientras tecleaban las máquinas de escribir, sentados en la larga mesa comunitaria de la sala principal. Se acercaba la hora de bajar las páginas a imprenta y la prisa marcaba el ritmo. Aquel sábado, las noticias se acumulaban desde el día anterior, Viernes Santo. Un festivo suponía más trabajo al día siguiente. La chica buscó con la mirada al jefe de redacción, pero él la vio antes:

—Ayuda a Eduardo con los teletipos. La máquina echa humo hoy…

—¿Dónde?…

—¡Dentro, dentro! Él ya te explicará qué tienes que hacer. Después ya te vendré a buscar para que te dicten una crónica por teléfono. ¿Te ves capaz?

—Sí.

—Hoy, chica, os necesito a todos.

—Claro. —Ella sonrió agradecida de que la considerasen del equipo, aunque sabía que no era así.

—Claro… —repitió burlón Roca.

Ana no se dejó intimidar por aquel mamarracho y abrió la puerta de lo que había sido una cabina telefónica y ahora era el cuarto de los teletipos. El sonido estridente de la máquina inundó la redacción y Roca no tardó en quejarse:

—¡La puerta!

Ana se apresuró a cerrarla tras de sí. No había mucho espacio en aquella pecera, como la llamaban los periodistas. La máquina de teletipos ocupaba casi toda la cabina y Eduardo y ella solo podían estar de pie sin moverse. Él arrancaba los papeles que vomitaba aquella bestia y los iba separando. Uno los ponía bajo un brazo, otro se los pasaba a Ana y así intentaba ordenarlos. La chica le miró y preguntó:

—¿Te molesta el ruido?

—¿Qué?

—¿Que si te molesta el ruido? —levantó la voz ella.

—¿Qué ruido? —gritó él.

Ana rio.

—¡Ya ni lo oigo! —continuó él.

—¡A mí me calma!

—¡Espérate unas horas!

Ella sonrió. Aquella tarea era bastante aburrida, pero estar lejos del señor Félix era una bendición. Él no se había vuelto a acercar más de dos palmos a ella, pero Ana no se confiaba. Allí, dentro de la pecera, se sentía segura. Sospechaba que Eduardo había tenido la idea de que el jefe de redacción pidiera su presencia en teletipos. Cada día el chico se inventaba algo para sacarla del infierno.

—¿Algo más de Washington? —preguntó Roberto apareciendo por la puerta.

—Lo tienes tú —dijo Eduardo a Ana.

La chica le dio el papel al periodista, que llevaba la impaciencia escrita en los ojos. Roberto leyó la noticia sin moverse del marco de la puerta, aguantando con una mano las gafas en el rostro como si tuviese miedo de que estas cayeran al suelo. Finalmente levantó la vista hacia ellos y dijo serio:

—Gracias.

—¡La puerta! —volvió a gritar Roca.

Eduardo alargó el brazo para cerrarla, pero Vidal le detuvo:

—Un momento. Tú —se dirigió a Ana—, te necesito en la otra cabina. Te dictarán una crónica por teléfono. Lo apuntas todo palabra por palabra y después lo pasas a máquina. Eduardo te enseñará qué cuartilla debes usar.

—Entendido —respondieron Ana y Eduardo al mismo tiempo.

—Pili y Mili, ¿podéis cerrar la puerta? —insistía Roca.

—No sé quién hace más ruido —le reprimió Vidal.

—¿Es de Massip? —preguntó Roberto al jefe de redacción.

—¿El qué?

—La crónica.

Vidal asintió y rápidamente se dirigió a Ana:

—Chica, venga, a la cabina. Ahora te pasan la llamada.

Ana corrió a meterse dentro de la cabina, pero se dio cuenta de que no llevaba nada para apuntar. Vio un papel amarillento que había sobre la mesa larga y preguntó al periodista que estaba sentado justo delante sin levantar los ojos de las teclas de una Olivetti.

—¿Puedo?

El hombre, menudo, con cuatro pelos en la cabeza que hacían juego con las cuatro rayas de su corbata, la miró sin mover ni una arruga y dijo con una voz ronca:

—Eso es una cuartilla. ¿Qué necesitas?

—Algo para apuntar.

—Ten. El lápiz después me lo devuelves.

El hombre le dio un papel amarillento no muy diferente al que ella había cogido y un lápiz tan gastado que era de la medida de su meñique.

—Gracias —se limitó a decir ella y se metió dentro de la cabina sin perder ni un segundo.

El teléfono sonó justo cuando Ana se sentaba en la silla. Respondió tímida y empezó a apuntar todo lo que el corresponsal le dictaba. A través del cristal Roberto la observaba, impaciente por saber cuáles eran las últimas noticias que se enviaban desde los Estados Unidos.

Roberto llevaba todo el día nervioso desde que había recibido el primer teletipo sobre la masiva manifestación contra la guerra de Vietnam celebrada en Washington, donde sabía que estaba Lucía. Su hija se lo había contado por carta hacía una semana y, sin mencionar detalle, le había hecho entender la gran movida que se estaba organizando. La emoción de la chica lo decía todo. No volvería nunca a un país donde no se podía alzar la voz. Se la imaginaba rodeada de los diez mil jóvenes con pancartas a favor de la paz delante de la Casa Blanca. Y se alegraba de que ella pudiera formar parte de aquel momento histórico, pero sufría. La última información que había llegado a sus manos era que solo había habido dos detenidos. Ambos formaban parte de los grupos que se habían puesto en contra de los pacíficos manifestantes; un miembro del partido nazi norteamericano y otro que se había identificado como un húngaro luchador por la libertad, no quedaba muy claro a cuál se refería. Eran estos locos los que le daban miedo al periodista; los que podían hacer daño a su pequeña.

—¿Alguna novedad más? —le preguntó Vidal.

—Nada. La detención de dos chalados… Ahora lo acabo.

—Bájalo tú directamente cuando lo tengas.

—Dame diez minutos.

—Quince si quieres, pero no más. López necesita pasarlo ya al linotipista; de lo contrario, no tendremos las pruebas a tiempo para el censor.

—Entendido.

Los dedos de Roberto dictaban la noticia, pero su mente estaba en Washington, entre el Capitolio y la Casa Blanca. Los cabellos largos y lisos que Lucía llevaba siempre sin recoger, por horror de las vecinas, bailaban con el viento de aquel 17 de abril. La pancarta que John debía de haber escrito…, Roberto tenía la esperanza de que la protegería como un escudo. Los cantos por la paz, la música de la juventud, las sonrisas cómplices entre los estudiantes que se reunían por un mundo mejor, que no se rompiesen con un disparo, con un puñetazo, con la violencia del que quiere que todo continúe oscuro… Vidal le despertó de sus cavilaciones:

—Ha llegado la crónica de Massip.

—¿Quieres que…?

—Eduardo y Ana ya se encargan. Tú acaba.

—¿La puedo leer?

—Claro. —El jefe de redacción le dio la cuartilla.

Roberto repasó la tinta dispuesto a detectar la información que buscaba, hasta que Vidal le interrumpió mostrándole un trozo de papel:

—Pero… ¿a lo mejor te interesa más esto?

—¿Qué es?

—Una nota para ti. De Massip.

—¿Cómo?

—Un pequeño favor que le he pedido.

Roberto leyó las cuatro líneas que el corresponsal había enviado como un mensaje de la divina providencia. El padre no pudo evitar suspirar aliviado delante de aquella noticia. La mejor de todas. Se levantó y abrazó al jefe de redacción, su amigo durante tantos años:

—Gracias.

—Yo también tengo hijos, ya lo sabes.

El corresponsal en Washington había encontrado una aguja en un pajar y le tranquilizaba. Estaba bien. No sabía si nunca más la volvería a ver, pero al menos podría dormir aquella noche. Su hija había volado alto, lejos y continuaba su viaje. Quién pudiera volver a ser joven y vivir en un país libre. La envidiaba. Y al mismo tiempo se alegraba por ella y deseaba que nada la hiciera volver a la oscuridad de casa.

La llamada de Julia a la redacción le sorprendió. Era sábado, le tocaba guardia y justo pasaban las doce de la noche. Solo le quedaba contactar con los bomberos y la policía para preguntar si había pasado algo que debiera reportar y con suerte ya podría irse a casa. No se habían visto desde que él la había dejado plantada por su cumpleaños. Ella había faltado a sus citas de los miércoles y cuando él la telefoneaba para saber qué había pasado, ella le decía que no se encontraba bien, que de repente se había notado mareada o con fiebre o con dolor de estómago, siempre una excusa, nunca la verdadera explicación de su ausencia. Roberto había intentado discernir algo desde su balcón de casa, desde donde podía ver la ventana de la cocina de Julia. Luz. Había luz, pero no había podido distinguir nada más, ni siquiera su silueta, esa que tanto añoraba recorrer con sus dedos endurecidos por la máquina de escribir.

—¿Puedes hablar? —preguntó Julia al descolgar el teléfono.

Roberto se encontraba solo en la mesa larga de la redacción. Era la primera vez que ella le intentaba localizar en el diario. Su voz sonaba un poco más floja de lo habitual, como si tuviera miedo a que alguien les oyera, aunque a aquellas horas no había peligro de topar con oídos indiscretos. Antes de que él pudiera responder ella se adelantó:

—Ven.

Y colgó.

No era propio de ella, pero Roberto ya hacía días que sospechaba que Julia no se había tomado bien que cancelase sus planes de cumpleaños. Iría a su casa, discutirían un poco y acabarían haciendo el amor para reconciliarse y todo continuaría como siempre. Las relaciones no son fáciles y la suya era aún más compleja que el habitual *affaire* de un hombre casado. Lourdes había empeorado y necesitaba más atención. Más de la que él le podía dar. Desde la visita de Mario había contratado a una enfermera que venía todas las mañanas para ayudarla a lavarse, vestirse, comer… El hijo había convencido al padre de que la madre no se podía quedar sola todo el día. Desde que Lucía se había ido solo veía a su fiel amiga, que les llevaba comida preparada, pero no era suficiente. La mujer cada vez estaba más débil y no se podía valer por sí misma. Primero fueron las piernas, después los brazos; ahora casi no podía mover la cabeza ni las manos. De esta manera tenía a alguien hasta las tres de la tarde. Después pasaba las horas solitarias en su habitación hasta que él volvía por la noche. Roberto le calentaba la cena. Y cuando dormía, le colocaba bien la manta que siempre le resbalaba a los pies de la cama y que pesaba demasiado para sus delicados dedos, cada vez más delgados. Si Dios existiera y tuviera misericordia, ya la habría dejado morir, pensaba él. ¿Quién quiere vivir encerrada entre cuatro paredes sin poderse mover? Aquello no era solo una enfermedad, era una tortura. Injusta. Ella nunca había hecho nada malo.

Julia también deseaba, a veces, la muerte de Lourdes, pero por otros motivos. Su vida sería más simple. Y aun así no estaba segura de que Roberto fuera a vivir con ella. El recuerdo de su esposa le pararía, como la esclerosis amiotrófica que paralizaba a Lourdes poco a poco desde hacía años. El sonido del timbre la hizo levantarse del sofá y antes de responder ya podía oír la voz de Roberto, diciendo su contraseña de cada miércoles después del Café París:

—Buenas noches. ¿Está Alfonso?

Ella apretó el botón para abrir la puerta de abajo. Pegó la oreja para sentir sus pasos escaleras arriba. Aquella noche eran más lentos que de costumbre, cuando se apresuraba a llegar a su piso para besarla y desnudarla en la cama, cuando el tiempo era demasiado valioso para perderlo separados.

—¿Estás bien? —Fueron las primeras palabras de Roberto al verla.

El maquillaje no podía esconder la rojez de los ojos de Julia. Desde su cumpleaños no podía evitar ponerse a llorar justo después de cenar, cuando se sentaba sola en la butaca de cuero que había sido de su padre, con un libro. No había leído ni dos páginas en dos semanas.

—No —respondió ella.

Julia le dio la espalda y caminó hacia el sofá, donde se sentó sin decir nada más. Roberto la siguió, un poco preocupado. Nunca la había visto de aquella manera y no sabía muy bien qué decir para hacerla sentir mejor. Se colocó a su lado. La miró y la abrazó.

—Lo siento, Julia. De verdad.

Los silencios de ella eran pequeños funerales de su relación. Él se puso nervioso y cometió el primer error:

—Pídeme lo que quieras, Julia.

Ella le miró seria, con los ojos llenos de lágrimas. Le hacía tanto daño como a él lo que estaba a punto de decir, pero ya no podía aguantar más. No se le ocurría ninguna otra solución.

—Déjala.

—Julia...

—Has dicho lo que quieras. Eso es lo que quiero.

—Julia...

—Déjala y ven a vivir conmigo. Comienza a vivir conmigo.

—Ya sabes que...

—Bien que lo sé, pero ya no puedo más.

—¿Es un ultimátum?

—Llámalo como quieras.

Roberto le cogió la mano que reposaba sobre sus rodillas, delicadamente, y la besó poco a poco. Julia cerró los ojos y las lágrimas le resbalaron por el rostro, mientras las mejillas le ardían con rabia. Le apartó la mano:

—Esto ya no te funcionará, Roberto.

—No puedo.

—Pues supongo que esto es un adiós.

—Julia, venga, va...

—Adiós, Roberto.

—¿Y nosotros?

—Como tú dijiste un día, siempre nos quedará el París.

—Julia, no tiene por qué ser…

—Sí, sí tiene por qué ser blanco o negro, porque ya no quiero estar en la sombra nunca más. No quiero pasarme sola toda mi vida esperando a que llegue el miércoles para sentirme amada. Si tú no me lo puedes dar, déjame ir para que aún tenga tiempo de encontrar un amor que pueda pasear por la calle sin miedo.

—No es que no quiera, es que no puedo.

—Es lo mismo.

—No.

—Lo siento, pero…

—Julia, Julia, Julia… —la interrumpió él besándola en el cuello.

—Para, por favor.

—Julia… —continuaba él.

—Esta vez no te servirá de nada.

Roberto paró y se levantó del sofá, enojado.

—¿Y ya está? ¿Eso es todo?

—No sabes lo que me ha costado tomar esta decisión.

—¿Estos cuatro años enterrados con un frío y simple adiós?

—¿Qué esperabas? ¿Un pastel?

—Al menos nos podríamos despedir como es debido.

—Adiós, Roberto.

—Julia…

—No lo estropees más…

—Amor…

—Vete, por favor.

Roberto la miró, pero no encontró ni una pizca de esperanza. Ella continuaba sentada con la mirada a sus pies, cubiertos por las zapatillas. No se había vestido en todo el día. Llevaba el camisón de la noche anterior, largo y de algodón blanco que dejaba entrever su cuerpo. Todo el sábado encerrada en casa ensayando aquellas palabras, buscando la fuerza necesaria para llamarlo, hacerlo venir y decirlas en voz alta. Finalmente había podido expresar lo que la inquietaba desde hacía meses. No podía permitir que ninguna caricia ni ningún beso la hiciera volver atrás.

—Muy bien. Adiós.

Un portazo cerró la despedida de Roberto. Un vacío invadió el estómago de Julia, pero sabía que tenía que aceptar la pena para sentirse mejor. Él bajó las escaleras corriendo y salió a la calle como si se quemase el edificio. La brisa fría de la noche le recibió. Se puso las manos en la cabeza y se giró hacia la ventana de la cocina de Julia. Miró arriba esperando verla aunque fuese por última vez. Pero solo había luz. Le costaba respirar. Las costillas le aplastaban los pulmones, hasta que se echó a llorar. Por todo lo que había sido y por todo lo que podría haber sido si no fuese un cobarde, si la hubiera conocido mucho antes, si su mujer no se estuviera muriendo, si no le hubiera prometido a Lucía que no abandonaría nunca a su madre, si…, y seguía buscando excusas que sabía que Julia nunca más querría escuchar.

Retornar a casa nunca había sido tan difícil. Roberto entró rápido y rezó para que su mujer ya estuviera dormida. Era tarde en la madrugada. Sentía su tos, su respirar lento y ruidoso como la maquinaria que está a punto de estropearse. La muerte rondaba por el pasillo y él no sabía cómo detenerla ni cómo acogerla. Los celos de imaginarse a Julia con otro hombre paseando por su calle le herían. No podría soportarlo. Cuando Lourdes finalmente dejara este mundo, se quedaría solo. Lucía no volverá nunca. Y ella tampoco estará. Se sintió viejo. Se imaginaba en aquella cama, tal como su esposa vivía sus últimos días.

16

El domingo no había empezado bien y acabó aún peor. La mayoría de días nuestra vida se rige por la rutina y nos quejamos del aburrimiento, pero a veces pasan cosas que la rompen de repente en millones de pedazos y entonces añoramos la tranquilidad. Ana no se esperaba nada de todo lo que estaba por venir cuando se despertó más tarde de lo habitual. El reloj del hospital de San Pablo ya cantaba las diez. Normalmente ella no perdía el tiempo en la cama, pero aquella mañana le pesaban las piernas como si se hubieran convertido en plomo durante la noche. Isabel no roncaba a su lado como siempre, sino que estaba despierta con la vista clavada al techo.

—¿Te encuentras bien? —le preguntó Ana, extrañada.

—No demasiado.

—¿Qué te pasa?

—Ay, nada...

—Solo preguntaba.

—Siempre preguntas.

—¿No te ha venido la regla ya?

—No.

—Siempre nos coincide.

—Pues mira, esta vez no.

—¿Y este mal humor?

—Ay, tú no puedes entenderlo.

—Si no me cuentas…

—Ay, déjame.

—Vale, vale…

Ana se levantó, buscó con los pies las zapatillas que siempre se escondían debajo de la cama, se las puso y abrió la puerta para salir. Con la luz que entró del pasillo vio el rostro de Isabel cubierto de lágrimas. Volvió a cerrar la puerta y se sentó a su lado.

—Va, ¿qué te pasa?

—No lo quiero decir.

—Si no me lo dices, no te puedo ayudar.

—No se lo digas a mamá.

—No se lo diré.

—Ni a papá.

—A nadie.

Isabel se incorporó y colocó el cojín contra la pared. Finalmente, en voz baja, confesó:

—Me parece que estoy embarazada.

—¿Qué?

—¿Ves como no te puedo decir nada…?

—No, di.

—Es igual.

—No, Liz, déjame ayudarte.

—No hay nada que hacer.

—¿Y Eudaldo? Es de él, ¿no?

—¡Claro que sí!

—Perdona.

—Es que haces unas preguntas…

—¿Qué dice él?

—No quiere saber nada.

—A lo mejor está asustado…

—No me ha querido nunca para nada más, Ana. Los chicos como él solo me quieren para una cosa…, pero con él… ¡he sido una tonta! Pensaba que él era diferente, que no le importaba si mi familia no era… —Isabel no pudo acabar la frase, se echó a llorar.

La madre abrió la puerta y encendió la luz. No era la primera vez que encontraba a sus hijas a oscuras discutiendo o consolándose. Cruzó los brazos y preguntó con el tono neutro de cada partido que tenía que arbitrar:

—¿Qué pasa aquí?

—Nada, mamá —respondió Isabel aún llorosa.

—¿Y entonces por qué lloras?

—Mamá… —inició Ana.

—¡Ana, no! —la interrumpió su hermana.

—No, ¿qué? —preguntó la madre.

—Mamá… —insistió Ana.

—¡Ana! —lloraba Isabel.

—Si no se lo dices, ¿qué ganas?

—Ay, hijas, ¡me estáis asustando!

—Estoy embarazada. Creo —dijo finalmente Isabel, en voz baja.

—¿Cuántas faltas?

—Una.

—Bueno, hija, puede que se retrase.

—Que no mamá, que me tendría que haber venido hace diez días y yo soy más puntual que el reloj de San Pablo.

—Ay, hija.

—Ya lo sé, mamá —dijo echándose a llorar a sus brazos.

—¿Y Eudaldo?

Liz negó con la cabeza.

—Ay, hija…

—¿Qué voy a hacer?

—Ay, hija… —repetía Margarita.

Ana se añadió al abrazo de su madre y su hermana. Por un momento las tres mujeres enterraban las penas entre sus lazos, hasta que Isabel deshizo la unión para buscar un pañuelo, secarse las lágrimas y continuar con su tormento:

—Soy el tópico, ¿verdad? La chica pobre que se enamora del niño rico y él la abandona cuando la deja…

—No hija, tú eres mucho más. Eres lista, buena persona y sí, tienes debilidades como cualquier ser humano, pero eso no le da derecho a abusar de tu confianza.

—No he hecho nada que no quisiera, mamá.

—Pero eso no le da derecho a no dar la cara.

—¡Yo le cantaría las cuarenta! —intervino Ana.

—¡Un nudo le hacía yo! —dijo enfadada la madre.

Las tres arrancaron una risa triste.

—No te preocupes hija. Saldremos de esta. Como salimos de todas...

—Espero.

—Pero ese Eudaldo me va a oír.

—No vale la pena, mamá.

—Pero yo me quedo más tranquila.

—Ay, mamá.

—Que sí, una bronca de mamá le irá bien —añadió Ana.

—A tu padre de momento ni una palabra. Ya se lo explicaré yo cuando sea buen momento.

—No sé si quiero tenerlo.

—No sé si tienes muchas más opciones, hija.

—Pero mamá...

—Bueno, ya hablaremos de eso. Ahora vestíos. Hoy venís a misa conmigo las dos.

—Yo no tengo fuerzas —exageró Liz.

—Tú, la primera. Mira, Isabel, ya es tarde para sermones, pero nunca es tarde para hacer las cosas como es debido. Y para empezar, hoy vienes a misa.

—Lo necesito, ¿no? —dijo la hija.

—Lo necesito yo —concluyó la madre.

Aquella misma tarde Ana tomaba un café en casa de Pedro. Ninguno de los dos parecía muy animado. Ella le daba vueltas a la mala fortuna de su hermana y él temía desde hacía días que Ana ya no le amara. La abuela, sentada con su inseparable jarra de agua de Litines, el vaso y las pastillas Juanola, se había quedado dormida allí mismo, en la mesa. Hacía tiempo que la cafeína le pesaba demasiado en el estómago y de vez en cuando echaba una cabezadita a media mañana, después de almorzar o cuando el sueño la encontrara. Los dos jóvenes decidieron poner el LP *The Beatles* aprovechando que la guardia no tenía los ojos abiertos y sus oídos siempre estaban cerrados.

Pedro, sentado en el sofá, escuchaba atentamente *I saw her standing there.* Clavaba la vista en un cuadro de una mujer que plantaba unas semillas en un campo, que colgaba en la pared de enfrente. Había estado muy seco con Ana desde que le había abierto la puerta de casa. Siempre la recibía con una sonrisa, pero aquel domingo aún no le había visto el blanco de los dientes. La chica, a su lado, no tenía ganas de iniciar la conversación, pero no soportaba que alguien estuviera enfadado con ella y menos, Pedro. Demasiado rencoroso, no cambiaba nunca la mala cara hasta que ella le preguntaba.

—¿Qué te pasa?

Él miró a su abuela, que soltaba un ronquido de vez en cuando, y abrió la boca, pero antes de decir nada se detuvo. Ana le observaba impaciente. Aquel día no estaba para historias y Pedro parecía querer empezar una de aquellas eternas discusiones en las que esperaba que ella se disculpase por haberlo puesto celoso. Esta vez había sido Rick. En otras ocasiones, un chico en la cola del cine que le había preguntado si le había gustado la anterior película del director u otro que comentaba la canción que acababan de escuchar en el San Carlos. Siempre la culpaba a ella. Y como temía, preguntó:

—¿Has vuelto a ver a Rick?

—No.

—Pero ¿querrías?

—¿A qué viene eso ahora?

—Os vi el día de la reunión, Ana.

—¿Te he engañado alguna vez? ¿Te he mentido?

—Siempre hay una primera vez.

—Siempre he sido sincera contigo.

—Pues sé sincera y responde la pregunta: ¿Te quieres casar conmigo?

—¿Ahora?

—Lo digo en serio. ¿Te quieres casar conmigo?

—¿No es demasiado pronto para hablar de…?

—Acabaré la carrera en un año y medio. ¿Te quieres casar conmigo o no?

—Pedro…

—La pregunta es muy sencilla de responder. ¿Sí o no?

—No todo es blanco o negro. Ya sé que parece que falte poco, pero después harás las oposiciones…

—¿Te quieres casar conmigo algún día, Ana?

El silencio de la chica solo podía significar una cosa. Pedro se frotó los cabellos, nervioso, y cogió la biblia donde escondía las letras traducidas de algunas canciones de los Beatles. Fue al tocadiscos, levantó la aguja y la avanzó hasta encontrar la canción que buscaba.

—Quique me ha traducido otra. Ten. —Le pasó la biblia.

—¿Ana? —preguntó ella al leer el título.

—Parece escrita para ti.

Ana había oído antes la canción, pero no había sabi-do nunca qué decía hasta aquel momento en que leía la traducción de Quique.

Ana
Me vienes y me pides
Que te deje libre
Dices que él te quiere más que yo
Entonces te dejaré ir
Vete con él
Vete con él

Ana
Nena, antes de que vayas,
Quiero que sepas ahora
Que yo aún te quiero
Pero si él te quiere más
Vete con él

Toda mi vida
He esperado encontrar una chica
Que me ame como yo te amo a ti
Pero si cada chica que he tenido
Me rompe el corazón y me deja triste
¿Qué es lo que debo hacer?

Ana
Una cosa más, nena
Devuélveme tu anillo

Y te dejaré ir
Vete con él

Toda mi vida
He esperado encontrar una chica
Que me ame como yo te amo a ti
Pero si cada chica que he tenido
Me rompe el corazón y me deja triste
¿Qué es lo que debo hacer?

Ana
Una cosa más, nena
Devuélveme tu anillo
Y te dejaré ir
Vete con él
Vete con él

Ana le devolvió el papel a Pedro. Parecía que lo tenía todo preparado desde hacía días. ¿Para qué montar tanto drama cuando tenía claro que quería romper la relación? Ya no era tristeza lo que sentía, sino rabia y sin mirarlo dijo:

—Si eso es lo que quieres…

—¿No es lo que quieres tú? ¿No quieres irte con él?

—No.

—¿Y por qué no te quieres casar conmigo?

—No lo entiendes, Pedro.

—Demasiado bien lo entiendo. Estás enamorada de él, no de mí.

—No.

—Ana, te conozco.

—No, no me conoces. Siempre me has acusado de mirar a otros hombres cuando solo he tenido ojos para ti.

—Ahora tienes ojos para él.

—No. Ahora tengo ojos para mí. No le quiero a él ni a ti.

Ana se levantó del sofá y fue directa hacia la puerta. Se puso la chaqueta lo más rápido que pudo y no esperó ni a abrocharse.

—Despídeme de tu abuela. No la quiero despertar.

Pedro la siguió por el pasillo, pero al llegar a la puerta ella le detuvo:

—No es necesario que me acompañes.

—Ana, pronto oscurecerá.

—Me sé cuidar muy bien yo sola.

Él la miró fijamente a los ojos. Se moría de ganas de besarla, pero sabía que con ella no tenía ningún futuro y eso era mucho más poderoso que la atracción que sentía por ella. Pedro había hecho planes de los que ella no quería formar parte. Ya hacía días que le daba vueltas. Tenía una minúscula esperanza de que Ana respondería que sí se quería casar con él, que después de escuchar y leer la canción con su nombre, como una divina providencia, se arrepentiría y se lanzaría a sus brazos. Pero la realidad era otra y solo quedaba despedirse.

—Adiós, pues.

—Adiós.

—Suerte.

Ana se mordió el labio como siempre hacía para detener las lágrimas. Con un tímido gesto con la mano se despidió y cerró la puerta detrás de ella. Tiró del pomo una segunda vez asegurándose de que estaba bien cerrada. No quería que se volviera a abrir ni por error. Bajó las escaleras corriendo y al notar la brisa de la primavera que refrescaba sus mejillas ardientes, lloró.

Era temprano. Sus padres sospecharían que se habían peleado. Nunca volvía de casa de Pedro antes del anochecer. Aquel domingo con la noticia de Isabel ya era suficiente. No quería quitarle el protagonismo a su hermana. Sabía el cariño que su madre le tenía a Pedro. Y sabía que no comprendería su decisión. Ni ella misma se acababa de entender. Le quería. Le gustaba, pero no quería casarse con él. El día anterior había recibido una nota en el diario. De Rick. Estaba escrita en taquigrafía para que solo ella la pudiera leer. No había sido el mensaje lo que la había empujado a darle un no rotundo a Pedro, pero puede que hubiera sido lo que la había dejado en la cama sin ganas de levantarse. Rick le comunicaba que tenía que marcharse a París. Su hijo estaba enfermo. Volvería a mediados de junio. No era a él a quien añoraría; era la adrenalina de encontrarse con él, de ser su contacto y de sentirse algo más que la simple secretaria del señor Félix. En aquel momento odiaba a los hombres. Odiaba a Eudaldo por abandonar a su hermana con un hijo en el vientre. Odiaba a su jefe por abusar de ella y hacerle menospreciar su trabajo. Odiaba a Pedro por no esforzarse en entenderla. Odiaba al idiota de Roca por burlarse siempre de ella. Ni el amor de su padre, ni la amistad de Eduardo podían borrar el odio por el género masculino que invadía sus pasos sobre las baldosas de flores de la calle Cartagena. Le había tocado ser mujer y solo ella podía luchar por sí misma. Una entre tantos, entre muchos, entre todos.

17

Eduardo sostenía en los labios un cigarrillo que hacía rato que se había olvidado de encender. Tenía los dedos y la mente demasiado ocupados acabando de escribir sobre la llegada de barcos de guerra de Estados Unidos e Italia que permanecerían en el puerto de Barcelona por unos días. Desde que se ganó el respeto de sus compañeros por la primicia sobre las nuevas asociaciones profesionales de estudiantes, cada vez más a menudo se libraba de su tarea de auxiliar de redacción para poder salir a la calle a hacer de reportero. Aunque aquella calurosa tarde de mediados de junio todo el mundo estaba demasiado pendiente de la segunda hija del príncipe Juan Carlos, nacida tan solo cuarenta y ocho horas antes. Como diario monárquico, el *Brusi* hacía una cobertura extraordinaria del evento. Aquel bebé despertaba el interés de todo el país, menos el del joven periodista, que intentaba acabar su artículo, a pesar de las constantes interrupciones de su superior.

—¿Puedes mirar si ha llegado algo más? —le pidió Vidal.

Eduardo se apresuró a poner el punto final a una frase y se levantó aún con los ojos enganchados a las letras que acababa de teclear. Se acercó a la cabina de la máquina de teletipos y al poner la mano en el pomo Roca ya se quejaba:

—¡La puerta!

—El chico tiene que entrar —le recriminó el periodista que estaba sentado delante de él.

—No soporto…

—¿En serio? Son cinco segundos.

—Soy un hombre sensible, qué quieres que te diga —bromeó Roca.

—Muy, muy sensible —rio su compañero.

Eduardo prefería el estridente sonido de aquella máquina a las quejas de Roca y cerró rápidamente la puerta tras de sí. Empezó a arrancar los papeles y a agruparlos. La mayoría eran notas sobre el nacimiento de la infanta Cristina, las declaraciones de la casa real de Grecia, los planes para el bautizo…, pero entre todas estas se coló una noticia que no esperaba. El joven periodista dio un grito de alegría que nadie pudo oír gracias al ruido de los teletipos. Se guardó el trozo de papel en el bolsillo y juntó los que hacían referencia a la criatura más famosa de España.

—Sí, sí, la puerta —dijo Eduardo, mirando a Roca, mientras salía.

Su superior le reclamó con el dedo y el chico le dio los teletipos que había arrancado.

—Hala, más tarea —soltó con un suspiro Vidal.

—Hay una cosa más. ¿Me puedo encargar yo? Por favor —pidió Eduardo mostrándole el trozo de papel que se había guardado en el bolsillo.

El jefe de redacción leyó las dos líneas y miró al chico sin entender tanta excitación.

—Nada, un breve.

—¡Gracias! —dijo emocionado Eduardo.

—Pero muy breve. Ahora te digo dónde.

—¡Sí, sí!

Eduardo se sentó delante de la máquina de escribir con la cuartilla que llevaba allí más de una hora, atracada como los barcos de guerra del puerto, pero en vez de continuar la tarea descolgó el teléfono:

—Ha llegado la noticia del siglo.

—¿Cuál? —respondió Ana. Había reconocido la voz de Eduardo enseguida. Él era el único que la llamaba directamente. Y se alegró de oírle.

—¡No, no! Quiero ver la cara que pones cuando te lo diga.

—Pues hasta que no llegue la hora de marcharme…

—Di que te tengo que dictar…

—Hoy no creo, puede que más tarde, pero ahora imposible. Me necesita para una reunión con unos proveedores.

—Cuando acabes.

—Dímelo y ya está.

—No, no… Es demasiado buena…

—Qué misterio… Va, canta.

—Lo bueno se hace esperar…

—Eres muy cruel —susurró al darse cuenta de que su superior se acercaba a su mesa.

—¿Qué? ¿Te diviertes? —estropeó la fiesta el señor Félix.

—Me necesitan en redacción.

—Primero, que llamen a Leonor para saber si pueden disponer de una secretaria. Y segundo, ahora no, te necesito yo.

—Es lo que les he dicho.

—Muy bien, pues, avísame cuando lleguen.

—De acuerdo. Ya diré que iré después.

—Ya te diré yo cuando puedes ir a redacción.

Ana escondió los ojos en su máquina de escribir y empezó a teclear. Hacía casi dos meses que no sabía nada de Pedro, ni de Rick. Su rutina en administración solo se rompía si Eduardo o Vidal la llamaban á redacción. Y no era tan a menudo como ella deseaba.

—Suerte que hoy está de buen humor.

La chica sonrió al escuchar las palabras de Mateo, pero cada día le era más difícil soportar al señor Félix. Le tentaba despedirse y buscarse otra cosa. Más de una vez había cogido el teléfono con la intención de llamar a la señorita Virtudes, su maestra de taquigrafía, por si la podía ayudar, pero no la quería decepcionar. Ella era quien le había conseguido aquel trabajo.

De las tres hermanas, Ana era la amante del cine, pero Isabel era la romántica que vivía como si fuera la protagonista de una película en tecnicolor. Liz había citado a Eudaldo en el parque de la Ciudadela, delante de la estatua del Desconsuelo, a la orilla del estanque, donde se habían conocido sus padres ya hacía más de veinte años. Sentada en un banco, con su barriga de casi tres meses que solo ella notaba, no estaba segura de si él vendría, pero no perdía la esperanza. Ella ya se había imaginado el encuentro incluso antes de llamarle. Había soñado despierta una reconciliación con música de violines y flores de colores que acababa con un final feliz de Hollywood. Como Taylor y Burton. Con el peinado de Liz en *Una mujer marcada* y un vestido verde parecido al que la actriz lucía en una fotografía de una de las revistas de moda que la madre traía de la peluquería, Isabel esperaba paciente al padre del hijo que llevaba en el vientre. Sacó un espejito del bolso, se miró y se volvió a pintar los labios de rojo.

Ya se acercaban las seis de la tarde. El sol comenzaba a perder su fuerza y una tímida brisa disimulaba el calor. Pasaban veinte minutos de la hora de la cita, pero ella no se daba por vencida y no encogía ni un músculo de su cuerpo.

—Perdona.

Liz recibió a Eudaldo con la mejor de sus sonrisas, aquella que ponía nerviosos a la mayoría de chicos del barrio, que no se atrevían a hablar con la chica más bonita que habían visto nunca. Él era diferente, no mostraba nunca su inseguridad.

—¿Hace mucho que esperas?

Ella negó coqueta moviendo sus cabellos negros con su gracia natural.

—Se está bien aquí. Es tranquilo —dijo él sentándose a su lado, en el banco.

—¿No habías venido nunca?

—No.

—Aquí es donde mi padre conoció a mi madre. De niñas veníamos casi todos los domingos después de misa.

—Isabel...

—Ya sabes que me gusta más Liz.

—Liz...

—¿Cómo estás? Hace tiempo que no hablamos.

—No creía que nunca más quisieras hablar conmigo.

—Te equivocas, Eudaldo.

—Liz, no he cambiado de opinión.

—Aún no me has respondido la pregunta.

—¿Qué...? —dijo él un poco confundido por la calma con qué ella le hablaba.

—¿Cómo estás?

—Bien... Ocupado, como siempre. ¿Y tú?

—Casi de tres meses.

—Liz...

El chico se levantó y buscó la pitillera de plata con sus iniciales que tanto encandiló a la chica cuando se conocieron.

—Ya hablamos de eso —continuó encendiendo un cigarrillo, firme, sin mostrar los nervios de estar allí solo con ella.

—Pero ha pasado tiempo y...

—Nada ha cambiado —la interrumpió él mirándola fijamente.

Isabel le pidió un cigarrillo con un simple y delicado gesto con la mano. Lo había practicado muchas veces delante del espejo. Él le dio uno y se lo encendió. Ella soltó el humo poco a poco hasta que sus labios de carmín se juntaron en un beso al viento. Necesitaba todas sus armas de seducción para lo que estaba a punto de decir.

—He decidido tenerlo.

—Liz, ya hablamos de eso.

—Tengo 21 años. La misma edad que mi madre cuando yo nací. Ya no soy una niña.

—Eres joven, tienes planes de futuro…

—Él es mi futuro. Será un niño, estoy segura. Tengo siempre el mismo antojo, olivas amargas, y dicen que si…

—Liz, Liz, escucha —la interrumpió él mientras volvía a sentarse a su lado.

—Será un niño precioso, Eudaldo. Si tiene tus ojos, mi sonrisa…

—Liz, tienes que pensar con claridad.

—He tenido casi tres meses para pensar.

—Si es por dinero…

—No es por dinero, es por principios.

—¿Principios?

—Sí, el dinero te sobra, pero de principios veo que andas escaso.

—¿Crees que yo no he pensado en eso?

—¿En qué?

—¿En lo que supone no tenerlo?

—Y entonces ¿por qué no lo quieres?

—¿De verdad me lo preguntas, Liz?

—¿Te avergüenzas de mí?

—¡No!

—¿Entonces?

—No quiero ser padre ahora. Tengo planes.

—Yo me haré cargo de él, una vez nos casemos…

—Liz…

—Tú puedes acabar la carrera, dedicarte completamente al trabajo, yo cuidaré de él.

—Liz… Estos no son mis planes.

—Pero es la realidad, Eudaldo.

—Hay otra realidad posible, Liz. Conozco a un…

—No —cortó ella rotundamente.

—Ten. Puede que esto te haga cambiar de opinión —dijo él sacando un sobre del bolsillo de los pantalones.

—¿Qué es?

—¿Tú qué crees?

—No quiero tu dinero.

—Cógelo.

—No.

—No seas tonta, Liz.

—Eso es lo que piensas que soy: una tonta a quien puedes callar con dinero.

—Es lo mejor para todos.

—¡Es lo mejor para ti!

—Liz, baja la voz, por favor.

—No te entiendo.

—Liz…

—¡Eres un cobarde! —se echó a llorar ella.

—Ten y no vuelvas a llamarme —concluyó él y dejó el sobre en el banco.

En aquel momento llegó la madre de Isabel. La mujer respiró a fondo para recuperar el aliento después de caminar con prisas.

—Señora Blasco —se sorprendió él.

—¿Qué pasa aquí? —preguntó Margarita.

—Mamá… —Liz levantó la vista, con un mar de rímel en sus ojos.

—Lo mejor para su hija es que me olvide —se dirigió firme Eudaldo a la madre.

—En eso estamos de acuerdo. Pero ¿qué piensas hacer tú al respecto?

—¿Qué quiere decir?

—¿Cómo te vas a hacer responsable de lo que has hecho?

—Está ahí en el sobre.

La madre cogió el sobre, lo abrió y vio los billetes. Con un golpe en el pecho se lo devolvió.

—Coge tu dinero. No queremos limosnas. Ella decidirá qué quiere hacer, pero en el momento en que desaparezcas perderás todo derecho sobre la criatura que lleva en el vientre.

Eudaldo se fue sin decir nada. Su huida era un adiós para siempre. Margarita se sentó al lado de su hija y la abrazó con todo el calor de su corazón. Después de unos segundos que nunca serían suficientes, deshizo el abrazo y sacó un pañuelo de su bolso para secar las lágrimas negras del rostro de Isabel.

—Hija…

—Mamá, cómo has sabido que…

—Por una vez me alegro de que tu hermana sea una cotilla.

—¿Prudi?

—Escuchó la conversación por teléfono.

—Prudi…

—Hija, a quién se le ocurre. Podía haberte…

—No, mamá. Es un cobarde.

—Pues precisamente por eso, hija.

—Ay, mamá. ¿Qué voy a hacer?

—Lo que tú decidas.

—No quiero tenerlo sola.

—No estás sola.

—Ya me entiendes, mamá.

—De Eudaldo ya puedes olvidarte.

—Pensé que si me volvía a ver…

—Isabel, tienes que empezar a pensar de otra manera. Dios te ha dado una gran belleza, pero este don se ha convertido en tu cruz, hija.

—Ya lo sé, mamá.

La madre volvió a abrazarla. Si pudiera, no la dejaría ir nunca. Tenía tantos planes para ella, sin darse cuenta de que no es este el trabajo de los padres, sino el de los hijos. Isabel lloraba, como la mujer de mármol desconsolada en medio de aquella agua estancada donde se reflejaban los árboles de alrededor. Margarita no sabía cómo animarla. El camino no sería fácil. Con tres hijas en casa, siempre había temido encontrarse en esta situación, pero nunca había pensado que realmente la sufriría.

—Gracias mamá —susurró Isabel al oído de su madre.

Ya era casi hora de irse a casa y el señor Félix mantenía a Ana ocupada en administración. La chica no dejaba de pensar en las palabras de Eduardo y temía que el joven periodista se marchara antes que ella sin revelarle la noticia que le tenía que alegrar la larga jornada. Finalmente, después de dictar la enésima carta, el señor Félix miró su reloj y concluyó:

—Cuando lo pases a máquina, me lo dejas sobre la mesa.

Ana no había picado nunca tan rápido las teclas de la Olivetti. Era un milagro que no se equivocara en ninguna letra. El reloj de pared marcaba las nueve menos cuarto cuando su jefe se despedía de ella y de Mateo. Javier llevaba una semana enfermo en casa y corría el rumor de que no volvería a aparecer por administración. Con un golpe seco la chica arrancó la carta de la máquina y la puso donde su jefe le había ordenado.

Quedaban diez minutos para que los periodistas empezaran a cerrar páginas. Ana corrió por el pasillo hasta la redacción. La mesa larga de la sala principal aún estaba llena de los redactores que acababan con prisas su tarea. Buscó con la mirada y vio a Eduardo dentro de la cabina de teletipos. Sin pensarlo ni un segundo, se acercó y abrió y cerró la puerta sin dar tiempo a Roca para quejarse. El chico sonrió al verla:

—¡Ya era hora!

—¡Ha sido un infierno! ¡No me he podido escapar antes!

—¿Estás preparada?

—¡Sí!

—¿Seguro? —bromeó él.

—¡Sí, venga!

Eduardo sacó el trozo de papel que había guardado todo el rato en el bolsillo. Lo desdobló poco a poco para mantener el suspense, pero Ana le dio un golpe en el brazo impaciente para que se apresurara. Él rio y se lo dio. Ella leyó:

—Los Beatles tocarán en concierto en España. El 2 de julio en Madrid y el 3 de julio en Barcelona.

Ana pegó un chillido que quedó ahogado por el ruido de la máquina de teletipos.

—¡Y nosotros iremos! —gritó Eduardo.

—¿Podrás hacer una entrevista? —preguntó ella.

—Si no, ¡me muero!

Ambos rieron. Ana necesitaba aquella gran noticia. Tenía ganas de abrazar a su amigo, pero no quería alimentar la imaginación de los periodistas que por suerte estaban demasiado ocupados para preguntarse por qué aquellos dos estaban tan contentos dentro de la pecera. La chica salió de la cabina sin borrar su sonrisa, volvió a administración para recoger y se fue a casa contenta. Por fin, después de meses de oscuridad, veía la luz.

18

Las letras se borraban delante de sus ojos, como si se escondieran dentro del papel. Julia se frotó el rostro con las manos, como siempre que permanecía demasiadas horas sentada en aquella silla tan incómoda. Por muchos años que llevara en el *Noti*, continuaba siendo la mecanógrafa que escribía las noticias para mujeres. Ni siquiera en el recien estrenado edificio, premio FAD, había conseguido un mejor puesto en la redacción. Los periodistas, todos hombres, por muy jóvenes y acabados de llegar que fueran, tenían preferencia. Al menos le había tocado una pequeña mesa al lado de una de las estrechas ventanas de la fachada de José María Sostres, una moderna rareza entre el clasicismo del Ensanche.

—¿Quieres venir a tomar una copa? Iremos con unas chicas del *Brusi*, Pili y Rosi, ¿las conoces? —preguntó una de las secretarias.

Al oír el nombre del *Diario de Barcelona*, Julia se quedó en silencio unos instantes. La cara de Roberto se le apareció; su mirada triste incluso cuando sonreía, sus labios carnosos de besos cálidos, su barba encanecida por el paso del tiempo…, pero la joven telefonista le borró la imagen con otra pregunta.

—¿Vienes?

—No puedo, he quedado —mintió ella.

—¿Con quién? ¿Le conocemos?

—Nada, una amiga.

—La próxima no te escapas, ¿eh?

Al salir bajo las mayúsculas que anunciaban *El Noticiero Universal* en Lauria número 35, Julia dudó. Era miércoles y por un momento pensó que nada había cambiado, que cogería un taxi y se plantaría delante del Café París. Pero ya hacía dos meses que no osaba tomarse su Martini, acompañado del platillo de aceitunas. Desde que no veía a Roberto, no iba a ningún sitio. Cada jornada después del diario caminaba directa a casa. Solo se desviaba de vez en cuando para comprar comida si no era demasiado tarde. Los domingos leía, se teñía el pelo, se pintaba las uñas, ordenaba la ropa, cocinaba el almuerzo del lunes…, se mantenía ocupada para no tener que pisar la calle. Una mañana, al cerrar la puerta de la portería, le pareció verle. Las llaves se le cayeron al suelo, las manos le temblaron y el corazón aceleró los latidos. Recogió el llavero lentamente para darle tiempo a que se alejara y entonces vio cómo se giraba. Era otro hombre, con un abrigo desgastado como el de Roberto; pero la mera idea de poder encontrárselo le había hecho demasiado daño. No quería volver a sufrir.

Sentada en el sofá, ojeaba el *Fotogramas* y le entraron ganas de ir al cine. No sabía a quién llamar. Se dio cuenta de que estos cuatro años a escondidas con Roberto había estado recluida del mundo. Había perdido el contacto con las amigas de toda la vida por miedo a que descubriesen su secreto. Se había hecho una experta en mentir y excusarse de cualquier encuentro de las secretarias del *Noti*. En la redacción era mucho más fácil mantener su doble vida, los periodistas siempre la habían ignorado. Para ellos, era la solterona, tímida, reservada y aburrida que cumplía su tarea, puntual y limpia, siempre sola en su pequeña mesa y la incómoda silla. Al contrario que en el *Brusi*, en *El Noticiero Universal* cada uno tenía su lugar de trabajo. Y el suyo estaba aislado de los demás. Aunque se encontrara a menos de un metro de su compañero más cercano, le parecía que los separaba un caudaloso río de tinta. Y ella no sabía nadar.

Julia lanzó la revista al asiento vacío que había a su lado en el sofá. Levantó las piernas y se estiró. No estaba para comedias. Ya iría al cine otra noche. Cerró los ojos para descansar. Otro día se acababa. En unos minutos haría la cena, escucharía la radio, leería un rato y a dormir. El día siguiente sería una jornada gemela a la que acababa de vivir.

Ana llamó al timbre, pero enseguida la portera le abrió la puerta con la desconfianza en las cejas.

—¿Quién?

—¿Yo?

—¿A quién llama?

—María Luz Morales. Le traigo un cheque. Me envían de…

—Sí, sí… —dijo la mujer y la dejó entrar.

—Gracias.

—Segundo B.

—Gracias.

La mujer volvió a arrastrar los pies en dirección a una silla desgastada al lado de las escaleras. Era tan gorda que caminar le suponía un gran esfuerzo y tenía que parar cada cinco pasos para coger aire. Ana no sabía si ayudarla. No la quería ofender. No era tan vieja como para ofrecerle el brazo. No eran los años lo que le pesaba, sino la carne. La chica empezó a subir los escalones, sin poder evitar mirar atrás un par de veces para asegurarse de que la portera había llegado a su destino sin problemas. Y ya casi en el entresuelo, la vio sentada, entretenida con una revista de cotilleos.

Una vez en el segundo piso, apartamento B, Ana levantó la mano para agarrar el picaporte, pero antes de que pudiera llamar, la puerta se abrió. María Luz Morales, una mujer menuda de setenta y siete años, de sonrisa y ojos amables, de olor a agua de rosas y cabello blanco peinado en un moño, la saludó.

—Te esperaba.

—Hola. Soy Ana.

—Sí, la nueva taquimeca. Leonor me ha hablado de ti. Pasa, pasa. En el comedor estaremos más fresquitas.

Ana se adentró por un pasillo de baldosas blancas y negras. Las paredes estaban forradas de fotografías, recortes de diarios y carteles de teatro enmarcados. Al llegar a la sala que se abría a la avenida, el sol empezaba a esconderse y la luz naranja del atardecer se colaba por la cristalera iluminando tímidamente los muebles viejos, pero bien conservados, del comedor.

—Mejor nos sentamos en el sofá, lejos del calor.

Ana siguió sus órdenes. De repente, recordó por qué estaba allí. Abrió el bolso y sacó un sobre con el nombre de María Luz Morales. Ella lo cogió.

—Gracias. Siento tantas molestias. Llevo unos días con lumbago y me cuesta subir y bajar escaleras.

—No, que va. Yo encantada.

—¿Te gusta tu trabajo?

—No me puedo quejar —mintió Ana.

—Mujer, sí puedes.

Ana rio.

—Bueno, confieso que me alegro de salir de vez en cuando de administración.

—Leonor me dijo que te gusta escribir.

—¿A mí?

—¿No te gusta?

—Me gustaría.

—Por algo se empieza.

—Me encantan sus críticas de teatro. No me pierdo ni una.

—¿Y vas a ver las obras?

—Voy al cine. Es más barato.

—Yo hice crítica de cine antes de la guerra.

—¿Cómo empezó?

—Pues como todas. Empecé en una revista femenina. Estuve al frente de *El hogar y la moda* durante cinco años, hasta que envié unos ensayos sobre Don Juan a *La Vanguardia*, les gustaron y me abrieron las puertas.

—¿Y entró como redactora?

—Al principio colaboraba como crítica de cine. En el año 23 se consideraba un espectáculo menor, por eso me dejaron… Firmaba con un pseudónimo, Felipe Centeno. ¿Te suena?

—No.

—Es un personaje de Benito Pérez Galdós. Tranquila, muchos tampoco sabían quién era.

—Pero ¿llegó a ser redactora?

—Sí. La única en todo el rotativo. Pero me hice mi sitio. Me ascendieron a crítica de teatro y comencé a firmar con mi verdadero nombre.

—Llegó a ser redactora.

—¡Llegué a ser directora!

—¿De *La Vanguardia*? —Ana mostró su sorpresa.

—Increíble, ¿verdad?

—Pero ¿cómo?

—Fue justo al estallar la guerra. La Generalitat se incautó de algunos periódicos, entre ellos *La Vanguardia*, que quedó bajo el control de un comité obrero. Gaziel huyó y, al quedarse el diario sin director, me nombraron directora a mí encomendándome la misión de salvar el rotativo en pleno conflicto.

—Ningún hombre quería el cargo.

—¡Ni yo! Vinieron aquí, a casa, a suplicarme que lo aceptara. Me convencieron de que era más peligroso decir que no que aceptar el puesto. Así que acepté, pero con una condición; dije: «Conozco perfectamente la técnica del periódico. Tendré cuidado de la marcha de la redacción, pero si acepto es solo con carácter provisional. En cuanto a la parte política, tendrá que llevarla otro. Yo solo haré periodismo».

—¿Y fue peligroso?

—Con la victoria de Franco acabé cuarenta días encarcelada en un convento de Sarriá y me privaron de mi condición de periodista.

—¡Dios! ¿Y qué hizo?

—Continuar escribiendo, siempre con pseudónimos. Novela, teatro…, hasta que recuperé mi licencia.

—Vaya aventura.

—Fui la primera mujer y la única hasta la fecha en hacerse cargo del mando de una cabecera en España.

—Y ahora no hay ni periodistas.

—Mejorando lo presente…

—Me refiero a redactoras.

—Malos tiempos para ser joven.

—Y peores para ser mujer.

—Nunca ha sido fácil. ¿Sabes que dijo Eleanor Roosevelt? Las mujeres de buen comportamiento raramente hacen historia.

—¿Hay que ser mala? —preguntó inocente Ana.

—¡No! —rio María Luz—. Hay que ser valiente.

—No sé cómo.

—En mi época o te casabas o te dedicabas a tu profesión. Yo elegí lo segundo.

—No creo que haya cambiado mucho.

—Solo tú puedes elegir. No dejes que otros elijan por ti. Es el único consejo que me atrevo a dar.

—Me llevo unos cuantos —sonrió Ana—. No la molesto más.

—Gracias por la visita. No soporto quedarme en casa.

—Ha sido un placer.

Ana se despidió fascinada por aquella viejecita de dulce mirada que había sido y aún era toda una dama del periodismo. La calle se oscurecía pasadas las nueve. La chica se apresuró para coger el autobús, pero no podía dejar de pensar en todo lo que María Luz le había contado.

Las paredes del Café París eran menos cálidas cuando Roberto se sentaba solo, con un Martini. Él era más de whisky con hielo, pero le gustaba pedir la bebida de Julia. Desde que habían dejado de verse, se presentaba cada miércoles a su cita, aún sabiendo que ella no estaría. La añoraba. Podía oír su risa cuando le explicaba sus batallitas del diario. Ahora no tenía a nadie con quien hablar fuera de la redacción. Lourdes cada día estaba más cansada para mantener una conversación. Lucía enviaba cartas, pero era casi imposible encontrarla por teléfono. Mario nunca tenía tiempo y, aunque en Madrid, parecía que viviera más lejos que su hermana… Estaba solo. Y no podía evitar pensar que se había equivocado. Había sido un cobarde. Y allí, rodeado de parejas felices, otras no tanto, lobos solitarios como él y alguna mujer triste, se consolaba con alcohol. Pero aparte de un dolor de cabeza terrible y la pérdida de equilibrio, no conseguía nada más. Ni siquiera olvidarla.

—¿Traigo unas aceitunas? —preguntó el camarero.

Roberto miró la puerta del bar. Siempre se sentaba de cara, para poder ver quién entraba. Tenía la inútil esperanza de que un miércoles cualquiera la vería cruzar el umbral; con un vestido blanco de flores azules que recordaba del junio pasado, con una rebeca gris que le colgaba con elegancia cubriendo solo sus hombros.

—No. Gracias.

En realidad a él no le gustaban. Y menos las amargas. Las pedía siempre para Julia, pero ella no estaba. Ni vendría nunca.

—¿La cuenta o le traigo otro?

Roberto comprobó la hora en su reloj de pulsera. Se lo habían regalado Lucía y Mario cuando aún vivían en casa. Aquel cumpleaños fue una bonita jornada para recordar. Nunca más volverían a estar los cuatro juntos, como aquel día. El camarero se hizo notar con una tos falsa, impaciente por su respuesta.

—Otro, gracias.

Aún no estaba suficientemente ebrio para encerrarse en su prisión. Se acabó la copa y esperó a que le trajeran la siguiente. Beber para no ver.

Julia se servía un Martini de pie en la cocina, al lado de la ventana abierta para que corriese el aire. En casa no le salían tan buenos como los del Café París. Se preguntaba cuál sería el secreto mientras de reojo observaba el balcón de casa de Roberto. No había luz. Raramente la había. Ya era oscuro, pero era demasiado pronto para que él hubiera vuelto. Al fin y al cabo era miércoles. ¿Dónde iba ahora que no se encontraba con ella? Era curiosidad, no celos, o puede que añoranza. No era feliz con él, pero se percataba de que tampoco lo era sin él. Miró a la calle. Las farolas iluminaban los adoquines y a quienes se apresuraban para volver a sus hogares. Se abanicó con un diario viejo y se sentó delante de la pequeña mesa donde aún quedaban los restos de la ensalada que se había preparado para cenar. No tenía hambre. Hacía demasiado calor. Siempre le apetecía el tomate cuando subían las temperaturas y era lo único que había comido. Solo llevaba puesta la combinación, ya hacía rato que se había quitado el vestido, pero aun así le sudaban las manos.

El sonido del teléfono la sorprendió. Normalmente no la llamaba nadie y menos a aquellas horas. Julia se levantó y fue al comedor, donde tenía el aparato, encima de un estante. Hacía tiempo que lo quería cambiar de sitio. Era incómodo hablar de pie, pero como no lo utilizaba mucho aún no lo había movido. Lo descolgó después del cuarto ring y respondió sin energía:

—¿Sí?

—Hola. ¿Julia? —dijo una voz desconocida.

—Sí.

—¿Sabes quién soy?

—No.

—Soy Lourdes. La mujer de Roberto.

El auricular del teléfono le resbaló de los dedos hasta quedar colgado del cordón.

—¿Hola? ¿Julia? —oía de lejos.

Julia miró con miedo el auricular, pero se lo volvió a colocar en la oreja. No sabía qué decir. Permaneció en silencio, nerviosa, y escuchó lo que le llegaba desde el otro lado de la calle.

19

Cabellos negros, castaños y alguno rubio era lo único que podía ver Ana entre los chicos de la facultad de Derecho que se reunían en aquella aula. En medio de todas las cabezas distinguió a alguna chica, entre ellas a la novia pelirroja de Quique. Nadie se sentaba en las sillas. Las habían arrinconado a los lados para que cupiera todo el mundo. No había rastro de Rick o al menos aún no lo había encontrado. Estaba nerviosa. No sabía nada de él desde que se había marchado a París hacía casi tres meses y justo el día anterior le había dejado una nota taquigráfica en el diario citándola allí mismo. Se preguntaba cómo se había enterado de aquella concentración de estudiantes. De repente, oyó la voz grave y clara de Pedro dirigiéndose a sus compañeros.

—¡Escuchad!

Pedro subió encima de una mesa, acompañado de sus inseparables Quique y Jorge. Ana le miró. Allí, elevado, parecía mayor, como si en este tiempo sin ella hubiera crecido. Por un momento añoró no estar entre sus brazos. Se sentía muy sola entre tanta gente. Las palabras del futuro abogado, elocuentes como siempre que daba un discurso, llegaban a todos los rincones:

—Tenemos que demostrar nuestro rechazo a...

—¡Tenemos que salir a la calle! —le interrumpió alguien entre la multitud.

—Y por esta razón nos reunimos aquí. Tenemos que decidir cuándo y cómo hacerlo. Será mucho más efectivo si nos coordinamos con las facultades de Madrid, Valencia... —continuó Pedro.

—¡Yo tengo un amigo en Sevilla! —añadió otro.

La sala se llenó de los murmullos de los estudiantes, que hablaban entre ellos. Cada uno tenía una opinión y todos querían decir la suya. Pedro silbó con la ayuda de los dedos para reclamar la atención y poco a poco se restauró el silencio.

—Nos tenemos que coordinar; si no, esto será un desastre. Hemos creado una comisión para organizar las movilizaciones. Todo lo que queráis manifestar nos lo podéis decir a mí, a Quique o a Jorge. Esta semana recogeremos vuestras propuestas, hablaremos con nuestros contactos en las otras universidades y el lunes volveremos a...

Un silbido ensordecedor e insistente detuvo a Pedro. Los estudiantes giraron la cabeza hacia la puerta hasta que apareció corriendo un chico con el miedo en el rostro y gritó:

—¡Los grises!

Todos los chicos y las chicas se apresuraron a salir del aula. Carreras, empujones y gritos de impaciencia provocaron la estampida. Ana se dejó arrastrar por los demás hasta traspasar el umbral. Una vez en el pasillo miró a derecha e izquierda, sin decidirse a dónde ir. Los policías empezaban a atrincherarse a ambos lados amenazando con las porras. Los estudiantes intentaban abrirse paso. Algún afortunado lo conseguía sin ser agredido, pero la mayoría cruzaba la barrera de violencia recibiendo más de un golpe, protegiéndose la cabeza con las manos e intentando no caer. Si caías al suelo estabas perdido. El objetivo era escapar y no ser detenido.

Ana vio cómo uno de los grises cogía a la novia de Quique. La chica luchaba para deshacerse de las garras del policía. Sus cabellos rojizos le tapaban el rostro, pero por sus llantos de auxilio no era necesario verle los ojos para saber que estos se le llenaban de lágrimas. Nadie podía ayudarla, todos estaban demasiado preocupados por salvar su propio pellejo. Ana apoyó la espalda y las manos contra la pared como si así, por arte de magia, se fuera a abrir un pasillo secreto que la condujera fuera de aquel infierno. Pero estaba atrapada y no sabía qué hacer.

—¡Libertad! —dijo bien alto una voz más que familiar.

Ana buscó con la mirada aquel grito de guerra. Esta vez era Pedro quien intentaba escapar de los brazos de los dos policías que le retenían y se lo llevaban. La chica no pudo evitar exclamar su nombre:

—¡Pedro!

Él la reconoció, pero no la veía entre la multitud. Sus ojos la buscaban mientras sus piernas se resistían a seguir a quienes le arrastraban lejos por el pasillo. De repente, una mano tocó el hombro de la chica:

—Ana…

Ella se quedó sin respiración por unos segundos. No sabía si era el miedo o la emoción de descubrir a aquel que la nombraba a su oído.

—Ven conmigo.

Ana siguió a Rick. Se acercaron a la puerta del aula de donde habían salido todos y disimuladamente, asegurándose de que ninguno de los grises los veía, entraron. Él buscaba una respuesta, pero lo único que encontró fue a una pareja escondida entre las sillas arrinconadas en la pared. Era una solución, pero hacía falta ser muy optimista para pensar que ningún policía comprobaría que la sala estuviera vacía.

—Si nosotros los hemos visto, ellos también lo harán.

—A lo mejor no entran.

—Entrarán.

Rick la cogió de la mano y la miró serio.

—Solo hay una opción.

—Pero…

—Tenemos que cruzar.

—Pero…

—¿Confías en mí?

—Sí.

—No te sueltes.

—¿Y si me cogen?

—No te sueltes por nada del mundo. ¿Entendido? Venga, no hay tiempo que perder.

El pasillo aún estaba lleno de estudiantes que se peleaban con los policías o permanecían parados en medio como si el miedo les hubiera pegado los pies al suelo. Rick apretó la mano de Ana y dijo:

—¡Ahora!

Corrieron hacia el lado donde unos veinte policías luchaban con una treintena de estudiantes. Uno de los chicos sacó un cuchillo y los agentes se lanzaron sobre él. Rick y Ana aprovecharon para pasar. Uno de los grises fue hacia ellos, pero el periodista le sorprendió con un puñetazo.

—¡Huye!

Ana corrió por los pasillos, seguida rápidamente de Rick, en dirección contraria a los policías que llegaban como refuerzos.

—¡Sígueme!

Rick señaló una escalera. Y sin que nadie les viera, subieron al piso de arriba. Estaba totalmente vacío. El periodista buscaba un sitio para esconderse. Todo eran puertas de aulas cerradas. En voz baja le preguntó:

—¿Sabes dónde están los baños de mujeres?

Ella negó con la cabeza, pero al final del pasillo encontraron el cartel.

—Aquí no nos buscarán.

Abrieron la puerta lentamente, mirando a ambos lados. No había ni un alma, pero era necesario ser cauto. Una vez dentro, Rick le hizo un gesto a Ana y ella preguntó:

—¿Hay alguien?

El silencio respondió. Comprobaron que nadie estuviera escondido en los lavabos y Rick suspiró:

—Nos quedaremos hasta que anochezca y entonces nos iremos.

Eran las siete de la tarde de finales de junio, cuando el verano aguantaba el sol hasta pasadas las nueve. Les quedaban casi dos horas de espera allí dentro. Ana buscó un rincón en el suelo para sentarse. Estaba muy limpio. No había muchas chicas en la facultad. Y las que estudiaban eran pulcras, por lo que podía comprobar ahí sentada. Rick se colocó a su lado. Ella le miró.

—¿Cómo supiste que…?

—Pedro —respondió él.

—¿Pedro?

—Le di un teléfono donde localizarme.

—¿En París?

—No, aquí en Barcelona. Ellos ya sabrían cómo encontrarme.

—¿Por qué a él?

—¿No es él quien organiza las movilizaciones?

—Sí, pero…

—Le dejé un papel en el bar de su amigo.

—¿Quique?

—Sí.

—¿Cuándo?

—Antes de irme a París.

—Pero ¿por qué no me lo dijiste a mí?

—Porque no te quería poner en peligro.

—Me sé cuidar muy bien…

—Ana, hoy casi te detienen.

—Han detenido a Pedro.

—Ya lo he visto, pero entonces te he visto a ti.

Ana le miró en silencio. No sabía cómo interpretar aquellas palabras ni aquel rostro que la atraía. Quería decir algo para continuar la conversación, pero los nervios la hicieron levantar de repente:

—Tengo que avisar a su familia.

Rick le cogió la mano para que volviera a sentarse:

—Aún tendremos que esperar un rato.

—Tienen que saber lo que ha pasado. Le tienen que ayudar.

—Y yo te acompañaré, pero salir ahora mismo sería un suicidio. Y mejor que bajemos la voz —susurró—, el edificio aún debe de estar lleno de policías.

Ana suspiró. Volvió a sentarse y fijó la vista en la luz del techo, blanca y cegadora como las que había visto en las películas de espías cuando interrogaban al prisionero. Sentía la tentación de sacarse los zapatos. Los pies le hervían después de tantas carreras, pero se limitó a preguntar:

—¿Tienes un cigarrillo?

—¿Fumas? —se sorprendió él.

—No, pero no se me ocurre mejor momento para empezar.

—No fumes. Es malo para ti.

—Tú fumas.

—Para mí ya es demasiado tarde.

—Todo el mundo fuma.

—Tú eres más lista.

—Por eso estoy sentada contigo en el baño de muje-res de la facultad de Derecho.

Se miraron y sonrieron. Por unos minutos permane-cieron callados. Tenían muchas cosas que decirse, pero pocas ganas de hablar. No se oía ningún ruido. Las voces de los jóvenes que luchaban para no ser detenidos no lle-gaban al piso de arriba. Rick tenía puesta la oreja atento, alerta por si unos pasos, un grito o un silbido rompían el silencio. Finalmente, Ana preguntó:

—¿Cómo está tu hijo?

—Muy enfermo.

—¿Qué le pasa?

—No lo sabemos. Los médicos dicen que es una de esas enfermedades… extrañas. Siempre ha sido un niño débil, pero alegre, hacía vida normal…, pero ahora… le cuesta respirar… —Rick tragó saliva e hizo un esfuerzo para que no se le entrecortara la voz.

—Lo siento.

—Ya lo sé.

—Seguro que encuentran alguna manera de…

—Seguro —concluyó él sin creerse sus propias pala-bras.

La pena invadió los baños como el olor a lejía que impregnaba las papilas olfativas. Esta vez fue Rick quien rompió el silencio para distraer su dolor:

—¿Y tú? ¿Cómo estás?

—No me puedo quejar.

—Poder, puedes.

—Es la segunda vez que me lo dicen este mes.

—¿Qué tal en el diario?

—Como siempre.

—¿Y con…?

— Con Pedro. Lo hemos dejado.

—Lo siento.

Estas no eran las palabras que ella quería oír.

—¿De verdad? —preguntó un poco dolida.

—¿Qué quieres que te diga?

—¿Lo que piensas?

—Si es lo que tú querías, no lo siento.

—Es lo que yo quería.

—Me alegro, pues.

—Ya somos dos.

—Y ahora ¿qué quieres?

La pregunta de Rick la dejó unos segundos muda. Él la miraba fijamente. Ella encontró el valor de responder:

—Quiero…

De repente, Rick le silenció la boca con la mano. Con la otra, le indicó que no hiciera ruido. Se oían unos pasos en el pasillo. Sonaban al menos cuatro zapatos que avanzaban lentamente por las baldosas. Una voz de hombre, desconocida, dijo:

—Aquí no hay ni Dios.

—Calla. Puede haber alguien escondido —dijo otro bajando el volumen.

Ana empezó a mover el pie, nerviosa. Rick le puso la mano en la pierna para que parara. Se miraron. No era el mejor momento para besarse o puede que fuera la única oportunidad que nunca tendrían. Él se acercó a su rostro. Ella le acarició tímidamente la mejilla cubierta por una barba de pocos días que no había tenido tiempo de afeitarse. Los labios de Rick fueron a encontrar a los de Ana, pero una voz que gritaba desde la lejanía les detuvo:

—¡Eh! ¡Vosotros! ¡Nos largamos ya!

Los dos policías aceleraron el paso hasta bajar las escaleras. Ana suspiró. Rick sonrió:

—Esperamos unos veinte minutos y ya nos podremos ir.

No dijeron nada en todo el trayecto, desde que salieron del baño de mujeres de la facultad de Derecho en Pedralbes hasta que llegaron a casa de Pedro, a tres calles de la Sagrada Familia. Ana maldecía a aquellos grises que habían interrumpido el beso. No estaba enamorada de él. No quería ser su esposa. Sabía que la situación de él era mucho más complicada, pero le habría gustado sentir sus labios aunque fuese solo una vez.

—Ana, aquí nos despedimos —dijo Rick al detenerse delante de la portería de casa de Pedro.

—Gracias por ayudarme.

—Cuídate.

—¿Nos vemos el…?

—Vuelvo a París —la interrumpió él.

—¿Cuándo?

—El viernes.

—¿Volverás?

—No.

—¿Y tu trabajo? ¿Y…?

—Continuaré escribiendo. Desde París.

—¿Y yo?

—Lucha por lo que quieres.

—No sé qué quiero.

—Sí que lo sabes. Solo tienes que encontrar cómo.

—Echaré de menos verte.

—Yo también, Ana. Pero eres joven y tienes que buscar tu camino. Yo solo soy un obstáculo.

Ana le miró con la tristeza de saber que no le volvería a ver nunca más. Rick la abrazó. Había algo en su olor que la hacía sentir como en casa. Él le besó la cabeza y deshizo el abrazo. Le cogió las manos y se despidió con una sonrisa y un consejo.

—No te rindas nunca.

—Tú tampoco.

La chica observó cómo Rick se alejaba calle arriba. Empezaba a oscurecer y las farolas se encendían una tras otra como un ejército de luciérnagas. Ana se acercó a la puerta del edificio donde vivía Pedro y llamó al timbre. No sería fácil explicar a sus padres todo lo que había pasado. Ellos no sabían nada de las actividades de su hijo, aunque esperaba que sospechasen algo y no fuese ella quien les diera la sorpresa. Aquella sería una noche muy larga.

Más temprano de lo que se esperaba, Ana volvía a casa en un taxi. El padre de Pedro había insistido. Pasaban de las diez y no quería que fuese sola por la calle. Al saber de la detención de su hijo, el hombre había llamado al bar de

Quique. El chico le dijo en qué comisaría estaba Pedro y algunos de sus compañeros. Y el padre, desesperado, no tardó en salir corriendo a su auxilio. La madre del que había sido su novio le dio las gracias un centenar de veces y le expresó aún más cuánto sentía que ya no estuviesen juntos. Eran buena gente.

Cuando abrió la puerta de casa, su padre y su madre la esperaban despiertos en el comedor. Él leía y ella cosía, como cada noche, pero aquella estaban demasiado nerviosos para concentrarse. Al verla se levantaron y la abrazaron por lo que podía haber pasado. Ana les había llamado desde casa de Pedro y les había explicado todo para que no sufriesen si llegaba tarde.

—¿Tienes hambre? ¿Has cenado? —preguntó la madre.

—No, pero no tengo hambre.

—Vete a la cama, hija.

—¿Se sabe algo de Pedro? —se preocupó el padre.

—Está detenido. No sé más.

—Si podemos hacer algo…

—Hija, descansa, que mañana hay que madrugar.

—Buenas noches —se despidió Ana.

—Buenas noches —le dijo el padre, dándole un beso.

Ana entró en su habitación, donde Isabel ya estaba en la cama. No encendió la luz para no despertarla y tropezó con un zapato que su hermana había dejado de cualquier manera en el suelo. El desorden no era propio de Liz, pero desde que estaba embarazada parecía otra persona.

—¡Au! —se quejó de dolor ella.

—¿Ana? —dijo Isabel, medio dormida.

—¿Te he despertado?

—Es igual, no dormía —respondió ella y encendió la lámpara de la mesita de noche.

Ana fue a sentarse en su cama. Se sacó aquellos tacones que le oprimían los pies y se hizo un masaje en los dedos.

—Qué día… —suspiró, cansada.

—¿Se sabe algo más de Pedro? —preguntó Isabel.

—No.

—Tengo como dolor de barriga…

—A lo mejor se mueve.

—¿No es demasiado pronto? Creo que es mala digestión. Estar estirada no me ayuda.

Isabel se destapó y se sentó en la cama. Y entonces Ana lo vio. Una mancha roja ocupaba casi la mitad de la sábana blanca que cubría el colchón.

—¡Liz! —dijo ella, señalando la sangre.

—¡Mamá! —se asustó Isabel.

—¿Qué pasa? —preguntó la madre desde el comedor.

—Seguro que no es nada… —intentó animarla Ana, no muy convencida.

—¡Mamá! ¡Ven! —gritaba Liz.

Margarita abrió la puerta y al ver la sangre avisó al padre.

—¡Jaime!

—Mamá, ¿qué me pasa? —lloró ella.

—Venga, Isabel. Hay que ir al hospital.

Ana se quedó en casa. Prudi dormía en su habitación ajena a lo que pasaba. Ni siquiera le habían dicho que Isabel estaba embarazada. Nadie quería agrietar su inocencia. Ana lavó las sábanas e hizo de nuevo la cama de su hermana. Esperó despierta hasta que volvieron del hospital, entrada la madrugada. Liz estaba bien, pero había perdido el niño.

Las pocas horas que quedaban para levantarse para ir a trabajar, Ana se estiró en la cama de Isabel, a su lado, como siempre que una de las dos necesitaba a la otra. No durmieron. Se abrazaron mientras las campanadas del hospital de San Pablo marcaban el paso del tiempo. El silencio, amargo como la pena, era demasiado insoportable y Liz lo rompió:

—No sé por qué no puedo parar de llorar.

—Me sabe mal.

—A mí no, por eso lloro. Y sí, por eso lloro. Yo no quería ser madre. Sola no. Y ahora que lo he perdido, no puedo dejar de pensar… Por un lado me alegro, o no, o yo qué sé…

—Liz. Algún día serás madre. Cuando quieras y estés preparada. Y serás muy buena madre.

—¿Tú crees? Si no puedo ni mantener vivo un niño dentro de mi barriga.

—No ha sido culpa tuya. Estas cosas pasan.

—Pues es una mierda.

—Una gran mierda, diría yo.

Ambas sonrieron, sin dejar de llorar. Era necesario el duelo para continuar adelante.

20

Ana se puso un poco de agua fría en la nuca mientras se miraba en el espejo del baño. El sudor le había chafado un poco el cabello, pero no tenía mala cara. Aquel 2 de julio el calor no daba tregua. Buscó la horquilla que siempre guardaba en el bolsillo de la falda y la aguantó con los dientes. Empezó a peinarse con las manos para hacerse el recogido Catherine Deneuve. En aquel momento Pili llamó a la puerta:

—Soy yo.

Ana giró la llave y le abrió.

—Uf, chica, qué bochorno —se quejó la telefonista.

—Hoy es peor que ayer —admitió ella con la horquilla aún en la boca.

—¿A vosotros os corre el aire?

—No mucho. —Ana acabó el peinado.

—Te queda bien el cabello así.

—Gracias.

—Yo tengo cuatro pelos.

Pili entró en uno de los lavabos y continuó la conversación desde dentro:

—¿Haces algo interesante esta noche?

—No.

—Niña, es viernes y estás soltera.

—Ya, pero no puedo.

—Excusas, tú vienes conmigo y Rosi a cenar y a reír un rato.

—No puedo, de verdad.

—A ver, ¿qué es eso tan importante que tienes que hacer esta noche? —preguntó saliendo del váter.

De repente, Pili abrió la boca y los ojos como si acabase de descubrir el secreto mejor guardado del mundo:

—¡No! ¿Has vuelto con Pedro?

—Qué va…

—Entonces eres solo una sosa, vaya.

Ana dudó, pero le pudo más el orgullo que la prudencia.

—Me tienes que prometer que no se lo dirás a nadie, porque no quiero ser la comidilla de la redacción ni…

—Soy una tumba —la interrumpió Pili. Y cerró con una cremallera imaginaria sus labios.

—He quedado con Eduardo para preparar la rueda de prensa de mañana.

—¿Qué pasa mañana?

—¡Vienen los Beatles!

—Ah… Yo soy más de Los Mustang… Santi es tan guapo…

—¿Cuántas ocasiones tendrás de ver a los Beatles en Barcelona?

—Mujer…

—Yo aún no me creo ni que lleguen mañana.

—¿Irás al concierto?

—No he comprado entrada. Mi madre me mata…, pero me conformo con tenerlos delante y oírlos hablar.

—Pero, a ver, volvamos a la parte interesante… ¿Tienes una cita con Eduardo?

—No es una cita. Hemos quedado para trabajar.

—¿Dónde?

—En su casa.

—Y parecía inofensivo…

—Es inofensivo. Somos amigos y ya está.

—¿Amigos? Pensaba que no le soportabas.

—Ha cambiado.

—Ha cambiado —la imitó ella soltando un suspiro de enamorada.

—Ya me entiendes.

—Ya te entiendo ya… —dijo burlona Pili guiñándole el ojo.

—Estarán sus padres.

—Pues vaya par de muermos que sois.

—Ya me arrepiento de haberte contado nada.

—No, mujer, era una broma. ¿A ti te hace ilusión eso de los Beatles?

—Mucha.

—Pues adelante, niña. El resto son tonterías… Ahora, Eduardo no está nada mal, ¿eh…? —continuó bromeando la telefonista.

—No tienes remedio…

—Chica, la vida son cuatro días —suspiró Pili mientras se pintaba los labios de rojo sangre.

—¿Cierras tú? —preguntó Ana con la mano en el pomo de la puerta.

—Sí, tengo para rato. Tengo que arreglar este desastre. Esta noche seguro que encuentro al hombre de mis sueños.

—¿Sabes qué dice mi madre? De ilusión también se vive.

La telefonista le sacó la lengua haciendo una mueca con los ojos.

—Pili, así estás monísima.

Ambas echaron a reír.

Subiendo las escaleras, Ana se preguntaba si realmente podía considerar a Eduardo un amigo. Era la primera vez que le nombraba así. Él le había defendido delante del señor Félix y últimamente habían compartido muchos momentos en el diario e intercambiado muchas opiniones sobre los Beatles, pero él no dejaba de ser un auxiliar de redacción y ella la taquimecanógrafa.

Eduardo la esperaba en la puerta del pasaje de la Merced, por donde salía impreso cada madrugada el diario y se repartía en la ciudad. El murmullo de las conversaciones que se escapaba del bar de la esquina con Consejo de Ciento inundaba el callejón aquella noche de viernes. Ana apareció con las mejillas aún coloradas después de cruzar los talleres de la imprenta de plomo. Era la única manera de poder salir por allí. Él descifró el espanto en sus ojos y preguntó:

—¿Te has llevado muchos silbidos?

—¡Parece que no hayan visto nunca a una mujer! —se quejó ella.

El joven periodista no pudo evitar reír.

—No hace gracia.

—No, no… —dijo él aguantándose las ganas.

Ana, decidida, empezó a caminar hacia Consejo de Ciento. En el pasaje un chico y una chica se besaban, aprovechando la intimidad de la oscuridad. Al verla sonrieron y corrieron hacia la puerta del bar. Al abrirse, fueron recibidos por la alegría de otros jóvenes. Ana se detuvo y les miró, un poco celosa de su *joie de vivre*. Pensaba que solo podía ser posible en las películas francesas.

—Mi casa está en la otra dirección —confesó Eduardo.

—¿Y por qué no lo decías?

—No me has dado tiempo.

—Tú guías —indicó ella, acompañando sus palabras con la mano.

Eduardo vivía con sus padres no muy lejos del diario, en la misma manzana, en la esquina del pasaje de la Merced con la calle Diputación. No tardaron ni dos minutos en llegar a la puerta de entrada del edificio, conocido como la Casa Gabriel Aixalà. Ana miró la fachada, sencilla, pero repleta de detalles, con aquellos balcones cubiertos que tanto envidiaba. Había pasado por delante un centenar de veces, pero nunca habría sospechado que en el segundo piso estuviese la residencia de los Martí. Sabía que el interior aún sería mucho más intimidante. Para disimular sus nervios, habló:

—Supongo que nunca llegas tarde…

Él sonrió mientras negaba con la cabeza. Sacó las llaves y abrió el portal de madera de roble bien pulida. Un gran patio interior les recibió, iluminado por dos farolas. En el centro, había una escalinata de mármol con una barandilla sostenida por flores de oro. Ana se fijó en un jarrón donde una lagartija de hierro trepaba. Se acercó, curiosa. Estuvo tentada de tocarla, parecía tan real.

—No muerde —bromeó Eduardo.

El chico empezó a subir los escalones y ella le siguió mientras admiraba las cenefas dibujadas a su alrededor. Una vez en el segundo piso, entraron en casa de Eduardo. En el recibidor, él dejó la americana y ella, el bolso, en un perchero cubierto por sombreros y abrigos. Recorrieron un largo pasillo, más ancho que el cuarto de Prudi. Ana contó al menos cinco puertas, cerradas, que debían de esconder las habitaciones. Finalmente, llegaron a una sala de grandes ventanales que daba a la calle Diputación. En un rincón, la pared se redondeaba en un balcón interior de vidrios de colores. Allí, en aquel refugio de ensueño para cualquier lector, había una mesa cuadrada y cuatro sillas, donde ella se imaginaba que la madre tomaba el té con sus amigas. La alfombra persa, el mármol de la chimenea coronada con un retrato de un paisaje idílico, las figuritas de cristal, los cojines de satén rosado… La chica hizo un gran esfuerzo para no mostrar cómo la impresionaban tanta belleza y tanta riqueza.

—Como si estuvieras en tu casa —le dijo aquella mujer que lucía un elegante vestido de seda azul marino hasta los pies.

—¿Nos ponemos aquí? —preguntó Eduardo y señaló el rincón que tanto había encandilado a la chica.

—No trabajéis demasiado —aconsejó el padre, que era el retrato envejecido de su hijo.

—Encantada de conocerte —se despidió la madre.

—Igualmente —respondió tímida Ana.

Se sentaron el uno delante del otro. Eduardo colocó su libreta y un bolígrafo encima de la mesa. Ana imitó sus movimientos.

—¿Lo has probado? Es nuevo, acaba de salir —dijo él mientras mostraba su bolígrafo.

—No.

—Bic naranja.

—Yo tengo este, el normal. —Ana señaló su Bic cristal.

—Este escribe más fino. Han hecho una nueva punta con una bola de carburo de tungsteno que gira hasta casi tres mil revoluciones por minuto para cargarse de tinta y soltarla en el papel. Además de tener una duración de 2,5 a 3,5 kilómetros de escritura, mucho más que el normal. ¿Sabías que el recorrido de un bolígrafo se mide por distancia?

—¿Qué, tienes comisión? —bromeó ella.

—No, pero me gustan estas tonterías.

—Tranquilo, todos tenemos nuestras manías… A mí un día me dio por coleccionar galletas.

—¿Las cajas?

—No, no, las galletas… Siempre guardaba la última que quedaba.

—¿Y qué pasó?

—No me gustan las hormigas…

Eduardo rio.

—Ahora vengo, tengo una colección que seguro que te gustará —dijo él y desapareció por el pasillo.

Pocos minutos después, volvió con un montón de discos. Ana los tocó delicadamente con la punta de los dedos, como si tuviese miedo a romperlos. Todos eran EP, LP y sencillos de los Beatles. No había visto nunca tantos juntos. Debía de haber una quincena.

—¿Tus padres te dejan escucharlos?

—Están demasiado ocupados en sus cosas… No saben ni quiénes son.

—Parecen buena gente.

—¿Los Beatles? Seguro que sí.

—Ya me has entendido —sonrió Ana.

—Desde que mi hermana se casó, esto parece una iglesia. Ella traía siempre a sus amigas, hacía fiestas…, pero yo… Mis padres cada noche tienen compromisos. A mí me viene bien. Así puedo poner los discos que me gustan. Como este.

Eduardo cogió *Help*, que contenía cuatro canciones que acababan de publicarse en España, y lo colocó en el tocadiscos que descansaba encima de una estantería, no muy lejos de ellos. Cuando la música empezó a sonar, volvió a sentarse.

—A ver. Si tuvieras delante a Paul McCartney y John Lennon, ¿qué les preguntarías?

—Uf… ¿Por dónde empiezo? —dijo ella.

—Por donde quieras.

—Querría saber qué leen, qué escuchan…, qué es lo que les inspira sus canciones.

—Y cómo componen. ¿Juntos, por separado…? —continuó él.

—¿Crees que tendrás tiempo para estas preguntas?

—Al menos una.

—Me gusta mucho esta canción. ¿Cómo se llama?

—*The night before.* La noche antes.

—¿Sabes inglés? ¿Qué dice?

—*Nos despedimos, la noche antes.*

El amor estaba en tus ojos, la noche antes.

Ahora hoy me encuentro que has cambiado de opinión.

Trátame como hiciste, la noche antes.

Una cosa así…

—Parece escrita por una mujer.

—¿Por qué lo dices?

—¿No es lo que hacéis los chicos? ¿Tratar muy bien a una chica por la noche y después olvidaros al día siguiente?

—¿Eso te han hecho a ti?

—A mí no, pero a mi hermana…

Ana pensaba en Liz. Hacía una semana que había perdido el niño. Parecía más animada. Había entrado a trabajar como taquígrafa en los juzgados de Barcelona y el trabajo le gustaba. Estaba bien pagada y su superior era una mujer muy amable. Ya no tendrían que preocuparse por jefes que perdieran la cabeza por ella. Y sus consecuencias. Pero su hermana continuaba siendo una ilusa y ya pensaba que conocería a un joven y guapo abogado con quien se casaría.

—¿Apuntamos las preguntas que hemos dicho? —cambió de tema Ana.

—Sí.

La chica empezó a escribir. Eduardo miraba concentrado su libreta y se frotaba la frente. Ella le observaba de reojo. Ya le había visto otras veces con el mismo tic y le picaba la curiosidad. Finalmente se atrevió a preguntar:

—¿Qué te preocupa?

—Nada.

—¿Seguro?

—Sí.

—¿Y por qué te rascas la frente? Siempre lo haces.

Eduardo la miró y con la vergüenza en la punta de la lengua confesó:

—La gomina… Es como si tuviera alergia.

—¡Es eso! —sonrió ella.

—Sí.

—Ven.

—¿Dónde?

—Acércate.

Ana le pasó los dedos por los cabellos. Con movimientos a derecha y a izquierda, arriba y abajo, le despeinaba para quitarle la gomina.

—Te pones demasiada.

—Es que, si no, no se aguantan.

Ella continuaba y los pelos de Eduardo se liberaban del gel mientras caían en la frente del chico. Le daban un aire despreocupado, más propio de su edad.

—Ahora…

—¿Parezco un *beatle?*

—Pareces tu hermano pequeño.

—Gracias…

—¡No! Quiero decir que pareces más joven que antes.

—Sí, un niño, según tú.

—No… ¿Cuántos años tienes?

—22.

—Parece que tengas 22. Ahora sí.

—Pero así no me dejarían entrar en el *Brusi.*

—¿Y si te lo cortas?

—Nunca. Entonces ¿qué gracia tendrían los domingos?

Ana rio.

—Ya veo. Tienes doble identidad, como Superman y Clark Kent.

—Exacto, pero cuando me quito el traje voy a conciertos, no salvo el mundo.

—¿Y de qué sirve hacerse el héroe?

—Ya no hablamos de tebeos, ¿no?

—No.

Ana dejó el bolígrafo sobre la mesa y apoyó la espalda en la silla.

—Pedro, el chico que era mi…

—¿Ya no? —se sorprendió él.

—No. ¿No te lo había dicho?

—No.

—No, ya hace tres meses que lo dejamos.

Eduardo estuvo a punto de decir «lo siento», pero calló. No lo sentía.

—Le detuvieron hace dos semanas en una reunión en la facultad de Derecho —continuó ella.

—¿Cómo lo supo la policía?

—Alguien filtró que harían una manifestación en la calle y poco le faltó a los grises para entrar y llevarse a cualquiera que se encontrasen por el camino.

—Vaya mierda…

—Él ha salido. Su padre tenía un contacto.

—Menos mal.

—Pero su amigo Jorge no. Sigue detenido. ¿Y por qué?

—Por ser valiente.

—Sí, pero ¿de qué sirve si igualmente te hacen callar?

—Vale la pena intentarlo, ¿no?

—Sí, pero he estado pensando y nosotros podemos hacer más.

—¿Qué quieres decir?

—Es a través de los diarios, de la información, de la cultura…, es así como se cambian las cosas.

—Es una manera.

—Es nuestra manera.

—¿Quieres ser periodista?

—¿Por qué lo dices?

—¿No es evidente?

—Puede que sí.

—Pues estudia Periodismo.

—Sí. ¿Y cómo lo pago?

—Ahora hay la escuela nueva de periodismo del CIC. Las clases son por la tarde. Puedes trabajar por la mañana.

—No sé si un sueldo de media jornada…

—Depende del trabajo. Preguntaré a mi padre. Conoce a media Barcelona.

—Espera, espera… En casa no saben nada. Y yo tampoco sé si…

—Sí que lo sabes. Ahora te toca a ti ser valiente.

—¿Y a ti qué te toca? —quiso cambiar de tema ella.

—Conseguir una entrevista en exclusiva con los Beatles.

—Buena suerte… —rio Ana.

—No es suerte, es perseverancia.

—Pero ¿cómo lo piensas hacer?

—Primero de todo, preparar la entrevista. Mañana ya veré cómo convenzo al mánager para conseguirla, pero me parece que después de la rueda de prensa solo quieren descansar y prepararse para el concierto.

—Nos colamos en su *suite*.

Ambos rieron.

—Por cierto —dijo Eduardo, misterioso—, mañana di en casa que llegarás tarde.

Ana frunció las cejas sin entender nada. Él dio un toque de tambor picando con las manos en la mesa. De repente, le mostró dos entradas. Al verlas, ella las agarró y abrió la boca, sorprendida.

—Ya que no invitan a los periodistas, iremos de paisano —explicó, guiñándole el ojo.

—¡Gracias!

—No podía dejar que te lo perdieras.

—Me tendré que inventar una buena excusa. Mi madre me mata si sabe que voy.

—No creo que sea para tanto.

—Estas cosas le dan miedo. Piensa que irá la policía y habrá jaleo.

—Hoy es el concierto en Madrid. Dile que no ha pasado nada.

—No lo sabemos y no conoces a mi madre...

—Debe de ser una buena mujer si se preocupa tanto por ti.

Eduardo se levantó y sacó el EP que ya había acabado.

—¿Has escuchado el nuevo *single?*

—¿Cómo?

—¿El nuevo sencillo?

Ella negó con la cabeza y una sonrisa impaciente. Él lo puso en el tocadiscos e hizo un gesto con la mano a Ana para que se levantara de la silla.

—¿Qué...? —preguntó ella.

—¡Venga!

Eduardo empezó a bailar. Ana rio:

—¿Es así como se prepara una entrevista?

—Primera lección: documentarse.

Con los cabellos libres, la corbata desanudada y bailando sin complejos, Eduardo parecía otro chico. Ana no le había visto nunca tan desinhibido. Normalmente la timidez le mantenía rígido, pero allí estaba en su territorio, lejos de la mirada crítica de sus compañeros de redacción. La chica dudaba, pero le gustaba demasiado la música y no tardó en abandonar la silla. Ambos se movían al ritmo de *Ticket to ride.*

21

Un Cadillac color crema se detuvo delante de la puerta principal del hotel Avenida Palace. Los peatones de la avenida José Antonio Primo de Rivera se acercaron curiosos. Nadie les esperaba. Se oyó un grito de sorpresa cuando Paul, John, George y Ringo salieron del coche. Algunos espontáneos aplaudieron entusiasmados al reconocer al cuarteto que aquella noche del 3 de julio daría el primer y único concierto en Barcelona. No hubo tiempo para autógrafos, los guardaespaldas se los llevaron rápidamente adentro y la gente continuó andando como antes.

Los Beatles ya estaban en la ciudad y Ana llegaba tarde. Atrapada dentro del autobús lleno hasta los topes, vio cómo dos hombres discutían, fuera de sus vehículos, bloqueando el paso a los demás. Ella miraba insistentemente por la ventana como si pudiese deshacer el atasco con sus ojos. Si permanecían detenidos demasiado rato, no llegaría a tiempo. Tendría que haber salido de casa más temprano. La culpa había sido de Isabel, como siempre, que quería que la ayudase a alisarse el pelo. Cada vez caía en la misma trampa: «Serán como mucho quince, veinte minutos», le decía, pero para hacer bien la toga se necesitaba más de media hora. Aquella tarde volvía a ser Liz. Había quedado con sus amigas por primera vez desde que había sufrido el aborto y se esforzaba para que todo fuese perfecto. Ella se alegraba de que su hermana estuviera tan animada, pero no quería perderse por nada del mundo la rueda de prensa.

Eduardo entró en el vestíbulo del Palace. Miró el reloj. Eran las siete menos cuarto. Buscó a Ana en recepción, pero no la encontró. Se hizo el curioso, pero se percató de que había al menos seis o siete hombres, vestidos de negro, que parecían guardaespaldas. Los Beatles estaban acostumbrados a fans que eran capaces de todo para verlos de cerca, aunque el ambiente en aquel hotel de lujo era el de cualquier sábado: botones de uniforme con maletas arriba y abajo, turistas atendidos amablemente en recepción, huéspedes en las butacas de la sala de espera tomando una copa o leyendo el diario… El chico volvió afuera, a la calle, y sacó un paquete de Marlboro.

Faltaban diez minutos para que comenzase la rueda de prensa y se preguntaba dónde estaría Ana. Solo Eduardo la podía dejar pasar. Había movido cielo y tierra para acreditarla como su secretaria y había sido su padre, amigo de José Gaspart, propietario del Avenida Palace, quien lo había conseguido.

—Por favor, caballeros. Síganme.

Un responsable de seguridad le indicó a él y a los periodistas que llegaban que se dirigiesen a la sala donde tendría lugar la rueda de prensa. Eduardo continuaba en la entrada buscando a Ana.

—Por favor. Necesito a todos los miembros de la prensa dentro.

—Sí, un minuto.

—Por favor, caballero.

El chico apagó el cigarrillo en el suelo y se giró para seguir a aquel hombre cuando, de repente, oyó la voz de Ana que le llamaba.

—¡Eduardo!

Ana corría hacia él. Había sido previsora y se había puesto la falda menos estrecha que tenía, la de pliegues a rayas, y las manoletinas, preparada para la larga noche que les esperaba.

—Pensaba que no vendrías. ¿Qué ha pasado?

—No lo quieras saber…

—¿Has discutido con tu madre?

—¿Qué?

—Por el concierto.

—No se lo he dicho. La llamaré después. Prefiero que me eche la bronca por teléfono.

Eduardo sonrió y se apresuraron para encontrar un lugar en primera fila del palco que habían habilitado para la ocasión.

—No hay mucha gente, ¿no? —susurró ella.

Solo una veintena de periodistas se reunían en aquella sala. Muchos medios ya habían cubierto el acto el día antes en Madrid, pero faltaban otros locales.

—Algunos se han enfadado porque Bermúdez se ha negado a repartir pases gratuitos para el concierto —continuó él con el tono confidente.

—¿Y por eso no han venido?

—Este es el rumor…

De repente, allí estaban. Ana apretó con fuerza el brazo de Eduardo. No podía creer que los tuviera delante de sus ojos. Primero se sentó John y a su lado le siguieron Ringo, George y por último Paul. Estaba muy nerviosa, pero no gritó ni se desmayó como había visto en el NO-DO cuando informaba sobre las admiradoras de los Beatles, siempre chicas y siempre de otros países. El régimen quería hacer creer a todo el mundo que su juventud, la española, no perdía las maneras delante de los cuatro melenudos. Y la prensa, allí presente, demostraba su poco interés por su música.

—¿Cuándo piensan cortarse el pelo?

—¿Tienen el cabello asegurado?

—¿Creen merecerse todo lo que cobran por actuar?

—¿Qué piensan de sus fans y sus ataques histéricos?

—¿Qué les parece España?

«Una panda de idiotas», respondió interiormente Ana, mientras se mordía el labio, asombrada de las tonterías por las que los periodistas se interesaban. Eduardo, que permanecía con la libreta abierta y el bolígrafo en su mano derecha, no veía el momento de intervenir. Ringo mostraba su descontento con los pies en la barandilla del palco. Las caras de los cuatro músicos no podían esconder su aburrimiento, aunque mantenían las sonrisas para las cámaras, que no paraban de disparar.

—¿A qué esperas? —le susurró ella.

Eduardo levantó un dedo. Paul McCartney, que llevaba la voz cantante en la ronda de preguntas, le dio la palabra.

—¿Qué escuchan, qué leen..., qué les inspira para componer?

Ana agradeció que entre todas las preguntas de la larga lista que habían elaborado la noche antes, él escogiera una de las suyas. Sabía que no tendría tiempo para más. Algunos periodistas murmuraron algo, pero parecía que los Beatles por fin se alegraban de poder responder a alguien que se interesaba por su trabajo.

La rueda de prensa acabó con otra inevitable broma sobre sus cabelleras. Ana se levantó y allí la vio. Juana hacía fotos desde un lateral en el palco; con el ojo siempre a punto en el visor y el dedo, en el botón.

—Hola —la saludó Ana.

—Hola, me alegra encontrarte por aquí.

—Sí, esto es mejor que la Sagrada Familia.

—Pero es un aburrimiento. Todo el rato allí sentados...

—¿Has podido hacer buenas fotos?

—Sí, pero me falta «la foto».

—¿Qué quieres decir?

—La que aún no tiene nadie.

—Ana, voy a ver si puedo convencer al mánager en persona. —Eduardo fue a hablar con Bermúdez.

Un periodista de barriga inmensa, con un habano colgado en los labios, rio mientras pasaba al lado de la fotógrafo:

—Juanita. Ya me han contado lo del avión. Estás hecha un bicho.

—¿Estabas en el avión? —le preguntó sorprendida Ana.

—He venido con ellos desde Madrid.

—¿Con ellos?

—Bueno… Me he colado al lavabo y les he hecho fotos desde dentro, a través de la cortinita… ¿Sabes aquella cortinita que hay?

—No, no he ido nunca en avión.

—Pero, nada, hasta que me han visto.

—¿Y no se han enfadado?

—No. Les ha hecho gracia. Se han pensado que era una fan.

—Qué suerte.

—Ya suben… Encantada de verte —se despidió rápidamente siguiendo con la mirada a los cuatro músicos, que se dirigían al ascensor.

—Igualmente.

Juana se acercó a recepción. Ana la siguió, instintivamente. El hombre que atendía a una pareja mayor que hablaba francés la saludó con la cabeza. Cuando los turistas se fueron, la fotógrafo reposó las manos en el mostrador y el recepcionista le sonrió como si fueran viejos amigos:

—¿Qué, estás aquí por los melenudos?

—Sí. A ver si los pillo en su *suite*.

—No te vas a poder ni acercar. Han reservado todo el primer piso. No dejan subir a nadie. Hay guardaespaldas en el ascensor.

—Están en las *suites* del primer piso.

—Yo no te he dicho nada.

—¿Y no se puede subir por las escaleras?

—Si te quieres pelear con ellos.

Juana miró hacia arriba y vio a un par de guardaespaldas que bloqueaban los escalones que conducían al primer piso en aquella escalinata de oro y alfombra azul. Ana seguía con mucho interés la conversación, disimuladamente, a una distancia prudente.

—Como no sea en el montacargas… —soltó el recepcionista.

—Gracias.

—Juanita, pero yo no te he dicho nada, ¿eh?

—No sé de qué hablas —sonrió ella.

Eduardo volvió hacia Ana.

—Nada, se cierran en banda. Dice que no quieren más prensa.

—Ven.

—¿Adónde?

—Confía en mí.

Eduardo y Ana siguieron a Juana, que se dirigía hacia el montacargas. Se conocía el hotel como si fuera su casa. Saludaba a los botones y no dudaba qué camino escoger, pero antes de llegar a su destino, se dio cuenta de que ellos estaban detrás de ella.

—A ver, pareja. ¿Adónde vais?

—Al mismo sitio que tú —contestó Ana.

—No, no…

—Serán solo un par de preguntas.

—¿Qué me he perdido? —preguntó Eduardo.

—Están en las *suites* del primer piso y solo se puede acceder desde el montacargas sin que te vean los guardaespaldas —explicó Ana.

—¿Os queréis colar? —preguntó el periodista.

—Yo —respondió Juana.

—Por favor… —pidió Ana.

—Es demasiado arriesgado. Yo voy sin flash ni nada —dijo la fotógrafo.

—Cinco minutos y nos vamos.

—Solo tú. Si viene él le reconocerán como periodista. Nosotras pasamos como fans. Es lo que ha pasado en el avión; si no, me habrían confiscado las fotos.

—Pero él es el periodista —insistió Ana.

—Tú puedes hacer las preguntas. Te sabes la lista de memoria —la animó él.

—Pero no sé inglés.

—El mío es un poco macarrónico, pero te puedo ayudar. Y solo una pregunta. Después te vas y me dejas hacer mi trabajo —ofreció Juana.

—Trato hecho —concluyó Eduardo.

—Pero… —Ana dudaba.

—Tiene razón. Si voy yo, perderemos la oportunidad.

—Lo siento.

—Después me lo cuentas todo. Te espero aquí.

Las dos chicas se colaron en aquella caja sin espejos que era el montacargas. Reja cerrada, palanca arriba y en menos de un minuto ya estaban en el primer piso. Estaba vacío. No había nadie vigilando el pasillo. El equipo de seguridad confiaba en que nadie pasaría del ascensor y las escaleras. Al llegar delante de la *suite* 111 la fotógrafo no esperó ni un segundo y llamó con determinación. Ringo abrió la puerta y Ana la boca, pero fue Juana quien habló.

—*Hola* —saludó en inglés.

—*¿Tú otra vez?* —la reconoció él, del avión.

—*Solo una foto.*

—*¿Y esta vez traes a una amiga?*

—*Que pasen* —indicó alguien desde dentro.

La fotógrafo y la taquígrafa siguieron a Ringo dentro de la *suite*. Había discos sobre una cama, algunos libros, la mayoría novelas de aventuras, y un tocadiscos de maleta. George leía echado. John tocaba una pieza clásica, que Ana no sabía reconocer, en una guitarra española. Paul estaba sentado en un sofá, donde Ringo le acompañó con un cigarrillo con boquilla que no tardó en encender. El olor a tabaco, rubio y negro, perfumaba la habitación más grande que la chica había visto nunca, pero no era el lujo lo que la impresionó, sino la sencillez de los músicos. Ahí, de cerca, parecían cuatro chicos jóvenes, sanos y amables que pasaban el rato. Y fueron ellos los que empezaron a preguntar.

—*¿Sabéis alguna rumba?*

—¿Tú sabes?

Juana hablaba con naturalidad como si cada tarde la pasara con los Beatles. Ana, aún muda, no sabía cómo reaccionar.

—¿Una rumba? ¿Sabes? —insistió la fotógrafo.

—No —respondió finalmente ella.

—Yo tampoco. Pero sé tocar las palmas. ¿Tú también?

—Sí.

—¡Palmas! —dijo Juana a los Beatles.

La fotógrafo empezó a picar las manos, mientras ellos imitaban sus movimientos siguiendo el ritmo. Ana se apuntó, tímida, pero rápidamente se dejó contagiar por la alegría de Juana y de los cuatro músicos. Sabía que tenía que ir al grano para volver a una hora decente a la redacción. No podía sacar la libreta para no descubrir su tapadera. No le era necesario leer las preguntas porque se las sabía de corazón y tampoco creía que su cómplice le dejase hacer demasiadas. Era fácil, ¿qué querían saber sus fans? Lo mismo que ella.

—¿Cuál es vuestra canción preferida? ¿Qué escucháis en casa? ¿Cómo componéis?

Paul respondía. Ana no entendía nada, pero Juana le iba traduciendo lo que pescaba. Se moría de ganas de apuntarlo todo, pero no le quedaba más remedio que imprimir todas las palabras en la memoria. El recuerdo que se llevaría de aquellos veinte minutos escasos sería difícil de olvidar.

Juana se quedó para conseguir las fotos que tanto anhelaba. Ana volvió a recepción, intentando no perderse por las entrañas del Palace. Eduardo estaba de pie a la salida con el paquete de Marlboro en la mano y un cigarrillo en los labios. Aquel era ya el cuarto. Estaba ansioso por tener noticias de ella.

—¿Estás preparado?

—¿Qué? ¿Cómo ha ido? ¡Cuéntame!

—No he podido apuntar nada.

—Pero ¿has podido hacer preguntas? ¿Qué hacían?

—Sí, sí… Te lo cuento y lo apunto. No quiero olvidar ningún detalle.

—Cojamos un taxi.

Cuando llegaron a la redacción, Ana ya le había relatado el encuentro y había anotado en la libreta los datos más importantes. Tenían material para escribir una buena crónica de la visita. Después, el crítico de música del diario ya se encargaría de la actuación. En la mesa larga de la sala principal solo estaban Roca y Roberto, que hacían guardia. No parecieron muy impresionados cuando Eduardo les contó la aventura de la taquígrafa en el Palace. El espacio que tenían para llenar era el que ya habían reservado; dos columnas a media plana y no se podía cambiar ni aunque el propio Paul McCartney viniese a redactarla. El joven periodista no tuvo más remedio que acatar las órdenes.

Ya eran casi las nueve y Ana sabía que tenía que llamar a casa. No encontraba las palabras para explicarle a su madre que iría al concierto. Ella no sabía cuánto le gustaban. Como no tenía tocadiscos en casa, tampoco tenía discos. Siempre los había escuchado en las ferias de autos de choque o a escondidas en casa de Pedro. El miedo de los padres dejaba sorda a la juventud, que solo podía tener oídos para las canciones inofensivas que pasaban la censura.

—Prudi, ¿está mamá?

—¿Qué quieres?

—Dile que se ponga.

—¿Por qué?

—A ti te lo voy a decir. Va, venga, llámala.

Ana oyó el grito de su hermana pequeña, exagerado para un piso que no llegaba a los cien metros cuadrados.

—Ana, dime.

—Mamá, hoy llegaré tarde.

—¿Desde dónde me llamas?

—Estoy en el diario.

—¿Trabajando?

—Sí.

—¿Y acabarás muy tarde?

Ana dudó, pero no podía mentir.

—Vamos al concierto de los Beatles.

—Ay, hija, que vayan ellos. Tú no te metas en líos.

—Yo también quiero ir.

—Es demasiado peligroso.

—No voy sola, mamá. No te preocupes.

—No pidas milagros, hija.

—Mamá, por favor.

—¿Con quién vas?

—Con un periodista.

—¿Un hombre?

—Un chico. Y las telefonistas. —Ana añadió una mentira piadosa.

—Pero, hija, ¿a ti te gustan esos?

—Sí, mamá. Me hace ilusión.

Silencio. Ana esperaba ansiosa la respuesta, pero esta no llegaba. Solo oía aquel sonido al teléfono que siempre escuchaba cuando alguien callaba, aquel rumor de agua como si tuviera una caracola en la oreja. Por un momento, pensó que la comunicación se había cortado y preguntó:

—¿Mamá?

—Bueno, pero cuando acabe el concierto, directa a casa y que te acompañe alguien.

—Sí, mamá. Lo prometo. ¡Gracias!

—Bueno, bueno, cuelga ya antes de que me arrepienta.

Ana colgó. Su sonrisa borró las dudas que inquietaban a Eduardo, que la miraba de reojo. El chico escribía la crónica de la visita de los Beatles. El reloj ya marcaba las nueve y el periodista se apresuró a poner el punto final para bajarlo a la imprenta.

Las figuras de los grises sobre sus caballos aparecían por la neblina de las farolas como estatuas fantasmas. Eran las diez de la noche pasadas. La gente, la mayoría chicos y chicas, se acercaba a la Monumental, pero antes tenían que atravesar aquella barrera animal. Ana y Eduardo se detuvieron. No eran los únicos. Nadie se atrevía a acercarse a la entrada. Aquel despliegue parecía más propio de una manifestación antifranquista.

—¿Y ahora qué? —preguntó la chica.

—Esperemos a que venga más gente. No nos pueden detener a todos.

—Aquí habrá jaleo. Vámonos —dijo un padre a su hija en plena pubertad.

—¡No, papá! —se quejó la chica con las mejillas llenas de granos.

Unos metros más allá, Ana vio un Seiscientos aparcado contra el muro. De repente, unos chicos, diez como mínimo, movían otro y lo empujaban con todas sus fuerzas. Los grises no les veían, quedaban demasiado lejos. Con tozudez y la ayuda de unos cuantos brazos más, consiguieron poner un coche sobre el otro. Por aquella escalera de dos Seat 600 saltaron dentro del recinto unos cuantos.

—Es demasiado peligroso —dijo Eduardo a Ana, que contemplaba la escena atónita.

—¿Qué hacemos?

—Hay 18.000 entradas vendidas. Cuando empiece a venir todo el mundo podremos entrar tranquilamente. Si no decimos nada, no nos harán nada.

Como si hubieran oído sus palabras, los fans de los Beatles, cada vez más numerosos, empezaron a atravesar la nube de grises. Faltaba menos de media hora para que comenzase el concierto. Un par de chicos dijeron algo a un policía. Con un golpe contundente cayeron al suelo, después otro y otro y se iniciaron las carreras. Ana y Eduardo aceleraron el paso, alejándose de donde se había iniciado la pequeña batalla, hasta pasar la barrera de porras. Por fin estaban dentro. Ellos y un millar de chicos y chicas. Algunos habían estado en el estreno de *A hard day's night* en el cine Fémina y muchos comentaban con pasión sus canciones preferidas, su *beatle* favorito… Otros presumían de ir a Andorra, donde los discos llegaban tres meses antes que a España… Aquella plaza era como estar en otro país.

Sus entradas habían costado 200 pesetas cada una. Para Ana, una fortuna que por suerte no había tenido que pagar. Para Eduardo, un regalo de sus padres, para los dos. Cogieron sus sitios. Cada minuto que pasaba había más y más gente. Ella no recordaba estar rodeada de tantas personas nunca antes en su vida. En el Club San Carlos no cabía ni una décima parte de aquella multitud. Cuando ya cerraban las puertas, a las 10.45 de la noche, allí dentro había dieciocho mil personas.

—¡Bienvenidos, amigos y amigas! —dijo un hombre bajito de voz aguda.

Torrebruno, el maestro de ceremonias, presentó a los primeros teloneros con la difícil misión de calentar el ambiente. La Orquesta Florida abrió con un desafortunado *Begin the beguine* y todo el mundo silbó. La lista fue larga, Los Shakers, Michel, Trinidad Steel, Freddie Davis…, algunos gustaron más que otros, pero los jóvenes empezaban a impacientarse. Por suerte, Los Sírex salieron al escenario. El público se levantó de los asientos y los recibió entusiasmado. Tocaron su nuevo sencillo, *La escoba,* y los fans aumentaron el griterío. Ana la reconoció enseguida.

—Mira lo que cantan por tu culpa —le guiñó el ojo Eduardo.

Alrededor de la medianoche, la emoción de la voz de Torrebruno ya anunciaba el momento tan anhelado por un público que no quería esperar más.

—¡Y ahora sí! Bienvenidos, amigas y amigos… Aquí están, por primera vez en España, los fantásticos, los únicos, ¡los Beatles!

Los gritos al unísono inundaron la plaza de toros. Ana saltaba de alegría con Eduardo y los miles de jóvenes que no podían creerse tenerlos allí delante. Paul, George, Ringo y John, este último con un sombrero cordobés, encima del escenario y, de repente, las notas de *Twist and shout* empezaron a sonar. Chicos y chicas cantaban, chillaban y bailaban. A los que llamaban demasiado la atención se los llevaba la policía, pero nadie se dejó amargar por los grises. Aquel concierto era una huida efímera de la realidad.

Siguieron con *She's a woman.* Con los cabellos sin gomina, moviendo la cabeza libre, Eduardo había dejado la americana y la corbata en el *Brusi* para abandonar su papel de periodista y gozar al máximo. Ana de vez en cuando le miraba contenta de verle tan feliz. Lennon tocó la harmónica en *I'm a loser,* pero el pequeño instrumento se le cayó al suelo. Rápidamente, McCartney tuvo el bonito detalle de recogerla y dársela a su compañero. El público continuaba chillando, aplaudiendo y muchos ni se enteraron de lo que había pasado. La música seguía y nada la podía parar.

—¡Me encantan! —gritó Ana.

—¡¿Qué?! —levantó la voz Eduardo.

Ana rio, era imposible hablar, aún más que en la cabina de la máquina de teletipos. La emoción continuó con *Can't buy me love, Baby's in black, I wanna be your man...* Los gritos fueron ensordecedores cuando tocaron *A hard day's night.* Y la intensidad siguió con *Everybody's trying to be my baby, Rock and roll music, I feel fine* y

Ticket to ride. El sonido llegaba a través de la megafonía de la plaza de toros y no se oía muy bien, pero a nadie le importaba.

Con *Long tall Sally* se despidieron. No hubo ningún bis, como era habitual en sus conciertos, pero todo el mundo aplaudió entusiasmado, sin quejarse. Solo habían sido cuarenta minutos, pero inolvidables. Los chicos y las chicas salían de la Monumental con una sonrisa en los labios. Serían los afortunados que pudieron asistir, los pocos que les vieron en directo en Barcelona, los que podrían contar la batallita a sus nietos. Pero allí fuera, en la calle, estaba la policía para borrar la alegría. Ana se fijó en una mujer embarazada que se escondía en un agujero de un árbol, mientras su marido la protegía. Los golpes de los grises no discriminaban. Eduardo estiró su mano para apartarla de la porra que estaba a punto de acertar su espalda. Ambos corrían como si les fuese la vida. Sin aliento, consiguieron pasar la barrera de la policía.

—Qué noche… —dijo Ana.

—Qué noche la de aquel día —añadió él.

Ambos rieron. Caminaron un buen rato hasta encontrar un taxi. A aquellas horas de la noche era casi imposible y sospechaban que muchos otros habían tenido la misma mala idea o puede que ningún taxista se hubiera atrevido a acercarse a la Monumental. Pero no tenían prisa por llegar a casa. Ana y Eduardo comentaban excitados el concierto, aún en una nube que temían que se evaporase para siempre.

Cuando llegaron a la portería de Ana era casi la una de la madrugada. Con la lechería, el colmado y los demás comercios con las persianas bajadas, parecía otra calle. Estaba casi desierta. La chica se podía imaginar a sus padres, medio dormidos en el comedor, esperándola. La madre con hilo y aguja en las manos, y el padre, con un libro. El día siguiente sería un domingo como cualquier otro y el lunes, cuando volviese al trabajo, ya nadie se acordaría de que los Beatles habían estado en Barcelona.

—Gracias por la entrada —dijo Ana.

—A ti, por la compañía —respondió Eduardo.

No podían borrar la sonrisa del recuerdo. Eduardo miró el rostro de Ana, que se iluminaba con la blancura de la farola. Los cabellos despeinados por las carreras aún la hacían más bonita. Tenía luz en los ojos, siempre vivos. Tímidamente, se acercó a ella. Primero se movieron sus pies, después inclinó su cabeza, pero antes de llegar a sus labios una voz desconocida le detuvo:

—Buenas noches parejita —dijo el sereno a Ana.

—Buenas noches —se despidió Eduardo.

—Buenas noches —dijo ella.

22

Los párpados pesaban, mecidos por la voz monótona del cura que se alejaba cada vez más con su sermón. Ana se esforzaba para mantener los ojos abiertos. No había dormido mucho, pero siempre cumplía sus promesas. Era la única manera de ganarse su confianza. Su madre le había dejado ir al concierto, a pesar de sufrir durante toda la noche, como le había repetido al entrar por la puerta a la una de la madrugada. Ahora a ella le tocaba ir a misa. *Quid pro quo.* Aunque el sueño le hubiese tentado quedarse más en la cama, sabía que no tenía más opción si quería a sus padres contentos. Y no sería fácil. La lista de encargos, favores y horas de penitencia sería larga.

—Mañana, antes de ir a trabajar, ¿puedes bajar a la lechería? —le mandó en forma de pregunta su madre una vez ya en la calle.

—Sí, claro. —Obedeció ella.

—¿Qué harás hoy? —Se interesó su padre.

—Pensaba dar una vuelta por el parque.

—Te acompaño.

—No os entretengáis demasiado. A las dos comemos.

—Sí, mujer. Tenemos tiempo de sobras.

—Pues tú, Prudi, me ayudarás a cocinar —dijo la madre a la pequeña.

—Mamá… —se quejó la niña.

—Por cierto, ¿dónde está Isabel? —se percató de repente Ana.

—A buenas horas, hija. Ha salido temprano para ayudar a Manuela. Se casa la semana que viene.

—¿Ya?

—Sí, hija. El tiempo vuela.

Las amigas de Liz abandonaban el nido y sabía que su hermana volvería a obsesionarse por encontrar al marido ideal. Ana en cambio solo pensaba en cómo podría estudiar Periodismo. Eduardo le había dado la idea, pero ella no sabía por dónde empezar. Caminaba a paso ligero cogida del brazo de su padre, preocupada en qué trabajo podría buscar que le diera un sueldo suficiente para pagar las clases y al mismo tiempo contribuir en casa. Su padre interrumpió sus planes.

—Ahora que no está tu madre. ¿Qué tal el concierto? —preguntó el padre.

—¡El diario! ¡Tengo que comprar el diario! —recordó de repente ella.

Ana cambió la dirección hacia el quiosco de la esquina. Su padre tuvo que acelerar el paso para seguirla. La chica pidió decidida el *Diario de Barcelona*. Casi se lo arranca de las manos al quiosquero, a pesar de darle las gracias y las tres pesetas que pagaban la edición del domingo. Hizo volar las páginas hasta llegar a la noticia que Eduardo había escrito. Sonreía al recordar cómo había subido en el montacargas para colarse en la *suite*, pero la alegría duró poco cuando encontró las dos pequeñas columnas. Decepcionada, vio que habían integrado la crítica del concierto dentro de la noticia y no quedaba casi nada de la crónica de su compañero. El padre la miraba preocupado y preguntó:

—¿Qué pasa?

—Los Beatles no interesan. Al menos a la prensa —dijo cerrando el diario.

—Porque son los padres los que compran los diarios, no los hijos.

—A lo mejor si los diarios hablasen de cosas que interesan a los jóvenes…

—También tienes razón.

Ana le miró seriamente y dijo lo que hacía meses no se atrevía a verbalizar.

—Papá, he pensado que podría buscar un trabajo solo de mañanas y estudiar Periodismo por las tardes.

—¿Quieres ser periodista?

—Sí.

—Ana. ¿Lo has pensado bien?

—Sí, papá. Llevo semanas dándole vueltas. Me gusta escribir.

—Pero ahora ya escribes, ¿no?

—Pasar a máquina lo que los demás dicen no es escribir. Quiero escribir mis propias ideas. Buscar la noticia y explicarla. ¿Sabes lo que quiero decir?

—No sé, hija... ¿No es demasiado temprano? No llevas ni un año en el trabajo.

—En pocos días cumpliré veinte años. El tiempo vuela, como ha dicho mamá.

—A tu madre no le hará ninguna gracia.

—Si tú me ayudas...

—Yo tampoco lo veo claro, Ana.

—¿Por qué? ¿Porque soy una chica?

—No es eso.

—Si fuera un chico no estaríamos teniendo esta conversación.

—Me gusta que tengas sueños, pero la realidad es mucho más complicada.

—Pero no puedo quedarme de brazos cruzados. Tú luchaste por lo que querías.

—Para lo que sirvió...

—Pero al menos lo intentaste.

—Y lo volvería a hacer, pero esto es diferente.

—¿Por qué es diferente?

—No hay mujeres periodistas, Ana.

—Alguna hay. Y cada vez más chicas estudian Periodismo. El año pasado abrió una nueva escuela aquí en Barcelona y un cuarto de la promoción eran mujeres.

—Puede que de aquí a unos años...

—Papá, alguien tiene que empezar, ¿no? ¿Qué mal hay en ser de las primeras...?

—Muchos males puede haber. Por eso sufro, hija —interrumpió él con la voz entrecortada por la respiración.

—Pues puede que dejéis de sufrir tanto. Ya no soy una niña.

Jaime se detuvo, colocó las manos en las rodillas y agachó la cabeza mientras cogía aire.

—¿Estás bien? —se asustó Ana.

—No pasa nada. Necesito parar un poco.

—Vamos a sentarnos allí.

Ana ayudó a su padre a andar lentamente hacia un banco justo a la entrada del parque de la Sagrada Familia. Estaba un poco húmedo. La chica cogió unas páginas del diario y las colocó para que él pudiese sentarse sin mojarse los pantalones. Hizo lo mismo para ella y se puso a su lado.

—Ana, no sé cuánto aguantará este maldito corazón. Isabel no es tan fuerte como tú. Y Prudi es aún pequeña. Ya sé que no es justo pedirte a ti…, pero si algún día yo faltase…

—Puedes contar siempre conmigo. Y si es por el dinero…

—No es por el dinero, eso ya lo sabes. Con mi sueldo y el de tu madre y lo que contribuís tú e Isabel…

—Aunque estudie continuaré contribuyendo.

—Ya lo sé, hija.

—No te tienes que preocupar por eso.

—No dudo de ti. Dudo de los demás. No quiero que te hagan daño.

Ana miró a su padre. Parecía tan frágil allí sentado intentando atrapar el aire que le faltaba. Permanecieron ambos en silencio un largo rato viendo cómo paseaba la gente del barrio y algún turista. La chica decidió no discutir más. No le quería preocupar más de la cuenta. Su padre estaba enfermo y no podía negar la evidencia. ¿Cuántos años le quedaban? Los médicos no lo sabían. Se había equivocado. Era a su madre a quien tenía que marear con sus sueños. Si ella lo aceptaba, él no se opondría. Como había pasado con el concierto. Antes él era su aliado, pero desde que le fallaba el corazón, no tenía fuerza para nada. Y ella siempre acababa sintiéndose culpable. Era egoísta hablar del futuro con alguien que arañaba el presente. Era ella quien se tenía que espabilar. Primero tenía que encontrar un trabajo que le permitiese estudiar Periodismo, después ya les convencería, pero comenzaba a pensar que era más difícil de lo que Eduardo le había hecho creer.

Jaime ya respiraba con normalidad. Ana se percató y miró su reloj. Sin que se dieran cuenta, había pasado casi media hora desde que se habían sentado en aquel banco. Tenían que apresurarse para llegar a tiempo a almorzar y tener a su madre contenta.

—Va, venga, papá. Vamos a casa.

—Antes un cigarrillo —dijo él sacando el tabaco y el papel de liar.

—¿Crees que te conviene? —se preocupó la hija.

—Es el corazón lo que falla. Esto ya no puede hacer nada.

Julia siempre se había imaginado aquella puerta de madera noble y oscura, con un picaporte dorado en forma de puño. Se sorprendió al ver la capa de pintura blanca; el minimalismo de aquel rectángulo, sin ninguna más ornamentación, solamente el agujero de la cerradura y un pomo redondo de cobre. Era casi de otro mundo. Se preguntaba si había muerto y aquella era la entrada del cielo. Lo que la había llevado hasta allí había sido aún más extraño; una llamada telefónica, la más importante que había recibido nunca. Aún le daba vueltas. Aún dudaba de qué hacía allí. Estaba a punto de irse cuando oyó su voz:

—Julia, ¿eres tú?

La puerta se abrió. Ella apretó con fuerza el pequeño bolso que sujetaba con ambas manos para esconder su temblor. Roberto sonreía con sus ojos tristes. No había cambiado nada, puede que el cabello estuviera un poco más largo o menos cuidado. Era domingo, quién sabe. Hacía solo unos meses desde la última vez que le había visto. Exactamente, dos meses y diecisiete días —los había contado—, pero para ella parecía una eternidad.

—Te esperaba, aunque si tengo que serte sincero pensaba que no vendrías. ¿Has llamado?

Ella negó.

—He oído unos pasos y he imaginado que eras tú. ¿Quieres entrar?

No lo sabía. Julia dudaba, pero ya no podía dar marcha atrás. Si salía corriendo, aquella puerta se cerraría para siempre jamás. Con un simple movimiento de cabeza, asintió. Un pelo rebelde se desató de los demás, recogidos en un moño impecable por la laca, y cayó al lado de su ojo derecho. Roberto sintió la necesidad de apartárselo suavemente del rostro con sus dedos. Ella hizo el mismo gesto en el mismo momento y sus manos se encontraron.

—Perdona, solo quería… Pasa, pasa —se excusó él y le mostró el pasillo estrecho que conducía a su hogar.

Julia andaba lentamente, sin saber el camino. Era la primera vez que entraba en aquel piso y no sabía cómo actuar. Él parecía tan tranquilo y ella aún no había podido soltar ninguna palabra. Las paredes estaban casi desnudas, solamente había algún cuadro de flores o barcas. La mayoría de fotografías se las había llevado Lucía a Washington o Mario a Madrid. Y allí, donde habían colgado durante años, quedaba la sombra de aquellos recuerdos de papel mate.

—Aquí —le indicó cogiéndola del brazo.

Julia miró la puerta. Esta sí era de madera oscura con una manija dorada, como todas las del interior del piso, pero lo que había dentro era lo que la hacía diferente a las demás.

—Tomaremos aquí el café.

El miedo en sus ojos la delató.

—No te importa, ¿no? Está demasiado débil para levantarse —aclaró él.

Roberto abrió la puerta. El sol de la tarde entraba por una ventana abierta de par en par para dejar volar la tímida brisa de verano. Había mucha más luz de la que Julia se había imaginado. El dormitorio era alegre, con flores frescas en un jarrón que le traía su amiga del alma; colores claros y cálidos en las cortinas, los cojines, las sábanas… Nada parecido a la imagen de habitación de hospital que ella se había hecho en su cabeza.

—Bienvenida.

Allí, en la cama, yacía el cadáver de Lourdes aún con vida. Su voz era fuerte, pero sus músculos eran tan débiles que solo podía mover los labios descoloridos y secos en aquel rostro ya casi sin carne. Vestía una túnica blanca como si se preparase para su entierro.

—Gracias —dijo, finalmente, Julia.

—Siéntate aquí —le ofreció Roberto, señalando una silla blanca forrada de tela salmón.

Julia siguió las indicaciones y él se colocó a los pies de la cama, donde no llegaban los de su cada vez más diminuta esposa. La enfermedad la había encogido.

Lourdes le había dejado claro por teléfono: «Roberto es muy desdichado sin ti. No quiero dejarlo solo. No sabrá vivir sin una mujer, por eso creo que te buscó a ti. Yo le abandoné hace tiempo, incluso antes de caer prisionera en esta habitación. El amor es una noria, como la de las ferias. Va hacia arriba, te casas, y entonces va hacia abajo. Muchas veces vuelve hacia arriba, vuelve hacia abajo, y va dando vueltas, arriba y abajo, arriba y abajo…, pero a nosotros llegó un día en que se nos quedó abajo. No me hizo ninguna gracia cuando lo supe. Ya hace un par de años. Al principio intenté saber quién eras, pero pasaban los días y me di cuenta de que en realidad no me importaba. Lo único que me preocupaba era que me dejara, pero él volvía cada noche, aunque fuera tarde en la madrugada. Ahora ya no puedo ni respirar, estoy medio viva o medio muerta y él continúa a mi lado. ¿Cómo puedo culparlo? No sé si yo lo podría soportar. Noté que ya no os veíais por la tristeza que de repente invadió su voz. Primero pensé que era yo, que cada vez doy más pena, pero después me di cuenta de que te necesita. No estoy enfadada con él. Ni contigo. Por esta razón llamo, porque quiero que Roberto sea feliz. Me ha dado dos hijos maravillosos que han sido mi vida. Ellos ya han volado lejos y ahora quiero que sea él quien deje este nido podrido por la muerte. No sé cuánto me queda. Unos meses. Unas semanas… No quiero que espere más. No quiero que te pierda por esperar. Le conozco y sé que solo ha habido dos mujeres. Tú y yo. Ven. Ven una tarde a tomar un café. Quiero que hablemos los tres y encontremos una salida. No quiero más sufrimiento. Ni mío, ni de él. Y aunque no nos conocemos, intuyo que tampoco debe de haber sido fácil para ti». Y con este monólogo, que Julia no se atrevió a interrumpir, la convenció para ir a encontrarse con ellos aquel domingo, después de días y días de reflexionar y sufrir.

—Esto no es muy convencional —dijo Lourdes con una sonrisa congelada en el rostro.

—Si ha cambiado de idea lo puedo entender perfectamente —soltó con un hilo de voz Julia.

—No mujer, no… Y puedes tratarme de tú. Yo ya me tomé la libertad.

—Claro.

—¿Traigo el café? —preguntó Roberto.

Julia quería gritar: «¡No! ¡No me dejes sola con ella!», pero se limitó a asentir con la vista al suelo. No quería cruzar la mirada con él, delante de ella. Le daba vergüenza mostrar afecto hacia su marido. Era absurdo que pensara que era una falta de respeto después de haber sido su amante durante casi cuatro años, pero los sentimientos no entienden de lógica.

—Para mí, agua con limón —respondió Lourdes.

—Sí, ya lo sé —dijo él y salió de la habitación.

Las dos mujeres se quedaron solas, en silencio. Julia no podía evitar mirar la puerta de vez en cuando, rezando que Roberto volviese lo antes posible. No sabía de qué hablar con Lourdes; de hecho, empezaba a pensar que aquello no había sido una buena idea, que por muy buenas intenciones que tuviera aquella mujer el rencor aparecería tarde o temprano, que aquel encuentro acabaría peor que una tragedia…, y justo cuando estaba a punto de levantarse y excusarse para huir, ella habló.

—No tengas miedo, Julia. Piensa que no me puedo ni mover.

—No…, si…

—Ya sé que esto no es fácil. Para mí tampoco, pero, mírame, ya no tengo nada que perder. La vida son cuatro días, Julia. Los tenemos que aprovechar. Por eso te he hecho venir.

—Ya lo entiendo.

Roberto apareció con una bandeja con dos cafés y un vaso de agua con limón. Por primera vez, Julia tuvo la impresión de que él estaba nervioso. Las tazas temblaban encima de la plata y cantaban clinc, clinc, la música de la porcelana.

—Solo y sin azúcar. —Le dio el café.

—Gracias.

Julia acercó la taza a los labios, pero estaba demasiado caliente y se detuvo. Roberto removía el café como si lo quisiera marear.

—Roberto... —pidió Lourdes.

Él dejó su taza sobre la mesita de noche de su esposa y acercó el agua con limón a la boca de Lourdes. Ella levantó el brazo lentamente, con dificultad, pero no pudo llegar a tocar el vaso. Roberto la ayudó a beber un par de sorbos y volvió a sentarse en su sitio, a los pies de la cama. Julia sentía lástima de aquella mujer y cada vez se sentía más culpable y más miserable.

—Roberto me ha contado muchas cosas, pero él no puede decirme qué quieres.

—¿Te ha dicho qué quiere él? —preguntó Julia.

—No es necesario. Ya sé qué quiere.

—Yo no sé qué quiere —confesó ella.

—Te quiere a ti.

—Yo no quiero ser una... No quiero meterme donde...

—¿Quieres estar conmigo? —intervino Roberto.

—Sí, pero... —respondió tímida Julia.

—Él quiere estar contigo. Tú quieres estar con él. Y yo no quiero morir sola. Las cosas, tal y como son —dejó claro Lourdes.

—Esto es un callejón sin salida... —suspiró Julia.

—No, es más fácil de lo que parece.

—Julia, si tú estás de acuerdo... —empezó Roberto.

—Ven a vivir aquí —acabó Lourdes.

—¿Aquí? —se sorprendió Julia.

—Conmigo y con Roberto.

—¿Los tres?

—Yo no salgo de esta habitación. Si cerráis la puerta, es como si no estuviera.

—Pero…

—A mí ya me es igual qué haga Roberto. Lo que me da terror es que me llegue la hora y no tenga a nadie a mi lado. Mis hijos están lejos. No llegarán a tiempo. Y él, a pesar de todo, ha sido el amor de mi vida. Después, cuando yo ya no esté, podéis vivir donde os plazca.

—Es muy generoso de tu parte, pero…

—Por favor, piénsatelo. No te estoy pidiendo una respuesta ahora mismo. Entiendo que es chocante. Ni yo misma sé cómo se me ha ocurrido algo así, pero lo hemos estado hablando y creemos que es la única solución.

—Julia… Ya sé que parece una locura, pero te amo y quiero vivir contigo; sin embargo, también quiero, aunque de otra manera, a la madre de mis hijos y no podría soportar dejarla morir sola.

Julia miró la taza de café y se lo bebió de un trago. Ya no quemaba. Era amargo, como la vida, pero le gustaba así.

—Yo…

Las palabras se detuvieron, pero su cuerpo se movió. Julia se levantó y dio la taza a Roberto. Sus dedos se rozaron, por accidente. Añoraba aquel contacto con su piel. No sabía si sonreír o llorar. Estaba en choque emocional.

—Os daré una respuesta. Pronto. Lo prometo —se despidió y salió de la habitación.

Roberto la siguió por el pasillo. Ella movía los pies tan rápido que corría sin percatarse.

—Julia, por favor…

—Te llamaré. Déjame unos días.

—¿Cuándo?

—¡No lo sé!

—Sí, perdona. Piénsalo tanto como necesites.

Julia abrió la puerta y salió.

—Julia…

Ella se giró y se detuvo delante del ascensor.

—Te quiero —se despidió Roberto.

No esperó al ascensor. Julia empezó a bajar las escaleras. Los escalones viejos y desgastados resbalaban, pero no disminuyó el paso. Tenía prisa, quería irse de allí. Cuando ya había pasado el entresuelo, el tacón le hizo una mala jugada y perdió el equilibrio. Arañó la barandilla, pero esta se le escapó de los dedos. Las manos pararon el golpe haciendo fuerza contra la pared y cayó de culo. Se quedó por un momento allí sentada. Se podía haber matado, pero ni siquiera se había hecho daño. El azar, la suerte…, ¿por qué unos tenían más que otros? Al salir a la calle se puso las manos en la cabeza y se arregló los cabellos que se habían soltado del moño para volverlos a encarcelar. La gente caminaba por delante de ella como si nada. Nadie la miró. Tenía ganas de chillar, pero nadie entendería nada. Ella no entendía nada, pero solo ella, sola, podía tomar una decisión.

23

El señor Félix chasqueó los dedos asomando la mano por la mampara. Ana puso el punto final al informe y lo arrancó de la máquina. Se levantó de la silla y se lo entregó a su jefe. Él, como siempre, lo cogió sin mirarla y soltó un menos que sincero «gracias». Pero la chica hacía tiempo que no se dejaba intimidar por su menosprecio. Tenía prisa para ir al baño. Llevaba toda la tarde tecleando sin parar y ya no aguantaba más. Sin pensarlo, pidió la llave a Leonor y corrió pasillo y escaleras abajo hacia los lavabos de señoras.

Cuando salió del váter, se acercó a la pila para lavarse las manos. Mientras se miraba en el espejo notó que en estos casi seis meses en el *Brusi* ella había cambiado. Físicamente estaba igual, solamente había cumplido veinte años hacía cuatro días. Puede que el peinado Catherine Deneuve que llevaba fuera algo más moderno que aquel moño Grace Kelly que le hizo la vecina cuando empezó. Ana sonrió. Sin embargo, era su mirada lo que era diferente, mucho más decidida, sin una pizca de miedo, directa a los ojos que se cruzasen con los suyos.

Pili llamó a la puerta. Ana se secó las manos y la dejó entrar. La telefonista se colocó a su lado y se refrescó la nuca con un poco de agua. Lucía un vestido blanco con margaritas amarillas que la favorecía.

—Es bonito —se fijó ella.

—Calla, que me he llevado una buena bronca esta mañana.

—¿Por qué?

—Porque es poco serio. Porque no se adecúa a la imagen del diario.

—Tendrás que cambiar las flores por letras —bromeó Ana.

—¿Y tú? ¿Qué tal el último día? —le preguntó Pili.

—Solo me quedan dos horas y ya está.

—Ay, chica, qué suerte. Yo ya me veo envejeciendo detrás de aquel mostrador.

—Si buscas, puede que encuentres otro trabajo.

—Uf, soy la vagancia personificada.

Ana se arregló el cabello, un poco chafado por el sudor. Pili sacó un cigarrillo, pero no lo encendió.

—Me dejáis sola. Primero tú y en un mes Leonor.

—¿Leonor se va?

—Se jubila.

—Aún te queda Rosi.

—Ya veo suficiente a mi hermana en casa, gracias.

—¿Sois hermanas? —se sorprendió Ana.

—Mellizas. ¿No lo sabías?

—Os parecéis, pero…

—¿Por qué crees que nos dicen Pili y Mili?

—¿Por el pelo?

Ambas rieron.

—Ay, chica, ir a mear ya no será tan divertido.

—Lo siento.

—Mentirosa, ¡no lo sientes en absoluto!

Pili encendió el cigarrillo y suspiró con el humo.

—No sé qué haré sin Leonor. Es como una madre para mí… No me llevo bien con la mía. Rosi es su hija preferida, yo soy un cero a la izquierda.

—No será para tanto.

—Ven un día a casa…

—¿Leonor tiene hijos?

—No. Ni marido. Quedó viuda muy joven. En la guerra.

—Pobre mujer.

—Está sola.

—A lo mejor podrías ir a visitarla, de vez en cuando.

—¿Crees que querrá?

—Si no tiene a nadie…

Pili la señaló con el cigarrillo en la mano y la boca abierta como si hubiera tenido la mejor idea de su vida. Finalmente, dijo:

—Los domingos siempre me intento escapar de ir a misa. Si le digo a mi madre que estoy ayudando a una mujer mayor… ¡Mato dos pájaros de un tiro!

—¿Ves?

—¿Qué voy a hacer sin ti?

—Fumar sola delante del espejo.

—Tú sí que sabes alegrarme el día…

—¿Nos vemos después?

—¿Adónde vamos?

—Al París.

—Un clásico. Yo habría escogido un sitio más animado, pero…

—A mí me gusta.

—Sus deseos son órdenes, señorita.

—¿Cierras tú?

—Sí, aún me echaré otro —respondió alzando el cigarrillo con los dedos—, sola, delante del espejo —dijo dramatizando la voz.

Mientras subía los escalones, Ana sabía que echaría de menos sus conversaciones con Pili. Se preguntaba a quién encontraría en el nuevo trabajo que empezaba el lunes en la Casa de las Punchas. El padre de Eduardo la había recomendado para un despacho de abogados que buscaba taquígrafa. Horario de mañanas y bien pagado, qué más podía desear, pero lo que más la ilusionaba era iniciar los estudios de Periodismo en septiembre. No había sido fácil convencer a su madre. De hecho, cada mañana tenía que oír sus suspiros «ay, hija». Discutieron, lloraron y se abrazaron, como siempre que tenían que tomar una decisión importante. En el fondo, Margarita estaba orgullosa de ella, aunque se resistiera a aceptarlo. Siempre había querido lo mejor para sus hijas y no podía evitar alegrarse de tener en casa a la primera universitaria de la familia. Su padre tenía el corazón frágil, pero también muy grande, y no puso objeción; lo único que temía era no llegar a verla graduarse. Liz se burló de ella, al principio, pero reconoció después que le daba un poco de envidia. A Prudi le hizo tanta ilusión que había decidido que ella también sería reportera cuando fuese mayor.

—Nena, te necesitan en redacción —le dijo el señor Félix antes de que se sentara en la silla.

—Gracias.

—Ana —la detuvo en la puerta.

—¿Sí?

—Seguramente cuando bajes ya me habré ido. Tengo un compromiso familiar… Buena suerte.

—Gracias.

Ni siquiera le dio un apretón de manos, aunque ella no habría soportado el contacto. Prefería despedirse así, a distancia. Si alguna vez volvía al *Brusi* no sería a aquella oficina. De eso estaba segura. Al llegar a la redacción, se calmó con la siempre entrañable imagen de aquella mesa larga llena de periodistas, rodeados por el humo de sus cigarrillos y ensordecidos por el murmullo de sus conversaciones, el teclear de las máquinas de escribir y el ring de los teléfonos. Aquella era la banda sonora que le gustaba escuchar. Sabía que de todos los que estaban en la sala, solo uno se acordaba de que aquel viernes 30 de julio era su último día en el diario.

—Te hacemos trabajar hasta el último momento… Te echaremos de menos —le dijo Eduardo.

—Quién sabe, a lo mejor os gusta más la nueva taquimeca.

—No vendrá ninguna aquí. Han contratado una secretaria para Félix y empezará un nuevo auxiliar de redacción para coger las crónicas y...

—¿Te han ascendido? —preguntó emocionada.

—Digamos que quieren que salga más a la calle.

—¡Eso es fantástico!

—No es nada oficial, ¿eh?; básicamente al nuevo le tocará lo que hago yo.

—Ana, ahora te pasan la llamada —le dijo Vidal.

—Nos vemos luego.

La taquígrafa se metió en la cabina telefónica para apuntar la crónica del corresponsal. Ana sentía un nudo en el estómago, pero no eran los nervios. Ya lo había hecho muchas veces; era la pena de saber que aquella era la última vez que pisaría la redacción, al menos en unos cuantos años. Quién sabe si cuando se licenciara como periodista podría hacer realidad un sueño que en aquel momento parecía muy lejano en aquella sala llena de hombres.

No le gustaban las despedidas. Se alegraba de dejar aquella oficina, pero siempre cogía afecto a las personas, sobre todo las que la habían ayudado, como Leonor. Con un largo abrazo la mujer supo lo agradecida que estaba. No era necesario decir nada. Tuvo que contenerse para no verter ninguna lágrima y Ana también. Había sido su aliada, su amiga y una madre cuando la necesitó en uno de los peores días de su vida. Mateo, sentado en su silla, le regaló un sello con el nombre del diario. «Un recuerdo, para que no nos olvides», le dijo sonriente. Javier no estaba, como siempre se había quedado en casa por una gripe. La chica echó un último vistazo a administración. Era extraño cuánto costaba partir. Finalmente, cogió su bolso y salió por la puerta con un último adiós con la mano.

Las telefonistas la esperaban en la calle. Ana miró la fachada del *Diario de Barcelona,* con aquellas mayúsculas que lo anunciaban y que tanto la impresionaron el primer día, cuando llegó cojeando con un tacón roto.

—Nada de ponerse melancólica ahora. ¡Vamos de fiesta! —exclamó Pili cogiéndola del brazo.

—No me han gustado nunca estas letras tan grandes.

—Son feas con ganas… Chica, estaba pensando. Ahora, cuando te pregunten si estudias o trabajas, ¿qué dirás? —rio la telefonista.

—Qué tonta es… —se quejó Rosi.

—Trabajo y estudio —respondió Ana.

—Chica, así seguro que ligas. ¿Viene alguien más? —preguntó Pili.

—Eduardo, pero dice que vayamos, que aún le queda un rato —respondió ella.

—Venga, antes de que me arrepienta… —dijo Rosi.

—Pero qué dice, si vamos a todos lados juntas… —se quejó su hermana.

Mientras se alejaba del *Brusi,* Ana miró atrás un par de veces. Cerraba una etapa de su vida. Una de tantas, tan solo estaba comenzando a vivir. Cogida de los brazos de Pili y Rosi, cada una a un lado, andaba con paso firme, convencida de que había tomado la mejor decisión para su futuro. Las mariposas que se empeñaban en volar inquietas dentro de su barriga no eran más que la señal de la transición.

Miraba la ventana de su cocina, pero Julia no conseguía ver el interior. Puede que intuyera la nevera o puede que solo le pareciera distinguirla porque sabía que estaba allí. Desde el balcón del comedor de Roberto, ella contemplaba su casa mientras esperaba que él acabase de calentar un estofado. Eran ya casi las diez de aquel viernes caluroso y extraño. Aquel verano no lo olvidaría nunca. Y allí se encontraba con una pequeña maleta al lado del sofá de piel desgastada, casi tanto como la de las yemas de sus dedos. Había estado fregando los platos, los cubiertos, las ollas…, hasta dejarlo todo limpio impoluto, como siempre que los nervios no la dejaban dormir.

—Esto estará en cinco minutos —anunció Roberto asomando la cabeza.

—Gracias.

—Con la luz apagada no se ve nada —comentó él percatándose de adónde miraba ella.

—¿Y cuando tengo la luz encendida me ves?

—Te imagino.

Julia sonrió y le siguió al comedor. Roberto ya había puesto la mesa. Hacía meses que no se sentaba allí. Desde que Lourdes no se podía levantar, cenaba él solo en la cocina. Incluso cuando Lucía, antes de irse a los Estados Unidos, venía de vez en cuando, comían cualquier cosa al lado de los fogones. Los manteles se habían descolorido de estar encerrados en un cajón, pero la vajilla y la cubertería conservaban su brillantez.

—¿Te ayudo? —se ofreció Julia.

—No es necesario. Siéntate.

—Si vivo aquí, tendré que hacer algo.

—Ya nos organizaremos. Hoy me encargo yo.

—Como quieras.

Él le retiró la silla para que se sentara, como haría el camarero de un buen restaurante al que nunca habían podido ir juntos. Sus cenas siempre habían sido en la cocina de Julia después de haber hecho el amor. Un trozo de pan y embutido o cualquiera de las sobras que encontrase en la nevera satisfacían el hambre posterior al sexo.

—Gracias.

Roberto desapareció y Julia se quedó sola. Un candelabro con tres velas iluminaba la mesa. No estaba segura de si era para dar un aire más romántico a la sala o para compensar una de las bombillas fundidas en la lámpara del comedor. El vacío humano contrastaba con la inmensa cantidad de objetos, los libros que forraban las paredes y las numerosas figuritas de porcelana que decoraban los estantes, cortesía de un pariente lejano que siempre traía una cuando viajaba. Tantos recuerdos acumulados en aquella habitación. Él volvió con el estofado y lo sirvió en el plato.

—No lo he hecho yo, por eso sé que será buenísimo.

—Seguro que sí.

—La amiga de Lourdes es la mejor cocinera que conozco.

Y de repente, al oír su nombre, Julia recordó dónde se encontraba. Por unos instantes se había olvidado de todo, de qué hacía allí, de que aquella no era su casa, al menos no aún, de que solo había ido a pasar el fin de semana... Miró su pequeña maleta, allí abandonada al lado del sofá. «Dos días —le dijo—. Y si vemos que funciona me quedaré». Le había costado mucho tomar la decisión de ir a vivir con ellos y necesitaba ser prudente antes de lanzarse al mar.

Roberto se dio cuenta de que si quería retenerla, era mejor fingir que Lourdes no dormía dos habitaciones más allá. En algunas ocasiones sería inevitable nombrarla, pero tendría que evitarlo el máximo posible para que Julia se encontrara cómoda en aquella casa. Aún no se creía que ella hubiera accedido a pasar dos días y dos noches. Había empleado el poco tiempo que tenía en arreglar el que sería su dormitorio, el de ellos. Compró sábanas y cojines nuevos, hizo lavar las cortinas, vació medio armario, colocó una segunda mesita al lado de la cama donde faltaba... Lo tenía todo preparado para ella.

Después de cenar, sentados en el sofá cada uno con un libro, se miraron. Se habían añorado. Mucho. Y Roberto quería aprovechar aquellas cuarenta y ocho horas, preocupado por que fuesen las últimas que pasaría a su lado. Julia fue la primera en levantarse y ofrecerle la mano.

—¿Vamos a la cama? —preguntó ella sin rodeos.

Roberto la acompañó al instante. Recorrieron el pasillo de paredes huérfanas de fotografías hasta llegar a su habitación. Julia abrió la puerta y echó un vistazo rápido. Enseguida se dio cuenta de que él había comprado las mismas sábanas que ella tenía en su piso. Sonrió ante el esfuerzo que su amor había hecho para retenerla en el que sería su hogar.

—Cada noche soñaba con tenerte aquí conmigo —le susurró él.

Aún detrás de ella, Roberto la abrazó y empezó a besarle el cuello. Julia cerró los ojos para no perder detalle de la calidez de sus labios en su piel. Ella también le buscaba en sueños cada vez que yacía en la cama. Ahora por fin volvían a estar juntos y sabía que nunca más podría volver a separarse de él. Podría ser mucho peor. Podría estar sola en casa llorando en su sofá, como había hecho todas las noches anteriores. Podría ser la mujer que se estaba consumiendo dos habitaciones más allá. Pensar en Lourdes no la puso nerviosa. Al contrario, la calmó. No era la situación ideal, la relación perfecta que ella se había imaginado desde niña, no en vano era la hija de un matrimonio ejemplar que había encontrado la muerte demasiado pronto, antes de que su amor pudiera apagarse. Sin embargo, su unión no era como la de sus padres. No habían pasado por el altar, ni lo habían anunciado a amigos y familiares, pero era lo que tenía y él era a quien deseaba en aquel momento. Y siempre.

—Te amo, Julia. —La voz de Roberto le hizo cosquillas en la oreja.

—Yo también —contestó ella girándose para mirarlo a los ojos.

En aquel preciso momento, con sus miradas que hablaban aún más que sus palabras, ambos sabían que ya no había marcha atrás. Ya pensarían qué contarles a las vecinas que siempre criticaban. Ya verían cómo explicárselo a Mario y a Lucía. Ya se organizarían para convivir con Lourdes bajo el mismo techo los tres. Nada les detendría. Ya habían sufrido suficiente. Aquel era el principio de una larga vida juntos.

Delante de la lechería con el cartel de cerrado, en la esquina de la calle Cartagena con Rosalía de Castro, Eduardo y Ana reían recordando los brindis con Pili y Rosi en el Café París. El periodista la había acompañado a casa, arañando los últimos minutos de aquella noche. Ya eran casi las doce y estaban solos. Solamente se oía a un hombre que había bebido más de la cuenta y llamaba al sereno.

—Vaya par, las hermanas… —reía él.

—¿Sabes que hoy me he enterado de que son mellizas?

—¿En serio? Pero si son casi idénticas…

—Hombre, Pili tiene los ojos azules y Rosi, marrones.

—No me he fijado nunca.

—Qué olfato periodístico el mío, ¿eh? —bromeó Ana.

—Más vale tarde que nunca.

—Por cierto, gracias otra vez por el trabajo. Le enviaré una carta a tu padre o una caja de bombones. ¿Le gustan? No sabes cómo le agradezco…

—Ya lo sé, ya. Solo me lo has dicho cuatro veces —la interrumpió él.

—Soy muy pesada cuando estoy contenta.

—Si es por una buena razón…

Las sonrisas silenciaron las palabras. Ambos se miraban, felices, sonrientes, un poco embriagados gracias al cava con el que habían brindado. Finalmente, Eduardo se atrevió a hablar.

—Ya sé que ahora que estudiarás estarás muy ocupada..., y con el trabajo y todo..., pero si te apetece ir al cine o a uno de los conciertos de Los Sírex o de esos que te gustan a ti..., porque si tenemos que esperar a que vuelvan a tocar los Beatles en Barcelona...

—Sí, claro, podemos quedar algún día.

—No, no me has entendido.

—¿Qué quieres decir?

—Quiero decir... —dudaba, vergonzoso.

—¿Qué?

—Quiero decir, que ahora que no trabajamos juntos... ¿Te puedo pedir una cita?

—Era eso...

—Sí. Era eso.

Él se frotó la frente como siempre que estaba nervioso o la gomina le molestaba demasiado. Ella le miró y dudó, pero sabía que solo había una respuesta posible para la nueva Ana:

—¿Podemos quedar como amigos?

—Si es lo que tú quieres...

—Es lo que ahora necesito.

Eduardo se despidió con un simple gesto con la mano. Ana entró en la portería y al llegar a las escaleras se detuvo. No miró atrás. Se quitó los zapatos de tacón fino y empezó a subir los escalones a zancadas.

Agradecimientos

Por su testimonio y por su valiosa memoria: Teresa Rubio, Josep Maria Cadena, María Eugenia Ibañez, Jordi Capdevila y Joana Biarnés.

Por su ayuda en la búsqueda de documentación: Carles Pastor, el Archivo Municipal de Barcelona y el Col·legi de Periodistes (especialmente a Carme Teixeiro).

A mis primeros lectores: Manuela Blasco y David Pastor.

A Ester Pujol, Berta Bruna y todo el equipo de la Agencia Sandra Bruna.

Y a los familiares y amigos que me han acompañado en esta aventura.

Nota de la autora

Todos los trabajadores del *Diario de Barcelona* que aparecen en la novela son ficticios, excepto Don Enrique del Castillo, que fue director desde 1946 hasta 1969, y María Luz Morales, colaboradora como crítica de teatro desde 1948 hasta su muerte en 1980. Las anécdotas que relata en la conversación que mantiene con la protagonista están basadas en su vida real.

Cabe destacar también al personaje de Juana, basado en Joana Biarnés (Terrassa, 1935), primera mujer fotoperiodista en España. La escena de la suite de los Beatles está inspirada en su propia experiencia, que ella misma me contó con detalle. Gracias Joana por tu generosidad.